麦克米伦世纪童书

麦克米伦世纪 全称北京麦克米伦世纪咨询服务有限公司，由全球最大、最知名的国际性出版机构之一的麦克米伦出版集团和二十一世纪出版社集团共同注资成立。

北京麦克米伦世纪咨询服务有限公司

北京市海淀区花园路甲 13 号院 7 号楼庚坊国际 10 层

邮编：100088　　电话：010-82093837

新浪官方微博：@麦克米伦世纪出版

全世界都想我们在一起

—— fourteen viewpoints 十四名旁观者

—— 一个浪漫故事 one love story

[美] 桑迪·霍尔 著

陶旭艳 译

二十一世纪出版社集团
21st Century Publishing Group

A little something different,

ever since I met you…

致很久以前
和妈妈、朱蒂阿姨、马特、维姬、肖恩一起
在霍索恩图书馆里度过的那些下午时光

九　月

人们总是期待开学第一天秋高气爽

玛丽贝尔（莉亚的室友）

"我要弄两张假身份证。"开学第一天，去教室的路上，我对莉亚说。

"什么？那是违法的！"她说。

我们才做了四天的室友，她的反应我一点儿也不意外。刚开学的那几天，一定有某种魔力让素不相识的两人黏在一起——我觉得自己这辈子仿佛早就认识莉亚了。

我现在就可以很肯定地说，莉亚是一个很棒的室友：爱干净、有礼貌、安静却很好玩。

"别想着它违法。"我说，"你要想，这是在照顾当地人的生意。"

"玛丽贝尔，你的世界观有点儿扭曲。"

我无奈地说："喝酒很好玩的！"其实我这辈子只有过两次喝酒的经历，一次是在我姐姐的婚礼上，一次是在高中毕业舞会上。不过，我仍觉得那很好玩。

"我根本不会喝酒！"她也无可奈何地表示，不过随即大笑。

"想喝吗？"我问她。

"说不好。"

"我是说……"我的声音渐渐小了下去。我们眼前出现了一片巨大的草坪，全校大概有一半的教学楼都坐落其上。这一刻，我想好好陶醉一下——我的大学生活真的开始了！

"我们真的在这里了啊。"我环顾四周，感叹道。

"是啊。"莉亚点点头，微笑道，"我们应该拥抱这个时刻。"

"你要去上什么课？""拥抱这个时刻"很久之后，莉亚问我。

"欧洲发展史第二部分。"我无精打采地回答她。

"如果你知道第一部分的内容，相信我，里面肯定有很多提示。"

"知道了。你要去上什么课？"

"创意写作。"

"你是怎么选到创意写作这样酷的高级课程的？"在英语教学楼的楼梯前，我问她。

她转身往楼梯上跑，不小心跟一名很帅的男生撞了个正着。

"天哪！"莉亚惊呼一声，赶紧蹲下帮对方捡东西，"对不起。"

"没事。"他说。他长相俊朗，但此刻神情超级窘迫——他大概试了四种不同的方法捡掉落在地上的书。

"真的？"莉亚问他。

他点点头，不过没有看她。

"我只是不想第一天上课就迟到。"她看了看我，继续对他说。

他蹲在地上，把东西一股脑扫进背包里。

最后，他看着她，微微一笑："我没事。"

"好吧。你没事就好。"莉亚说。

"一会儿见啦，玛丽。"

我点点头，向我的教室走去。我刚刚目睹了大学里的第一场邂逅。也许，我还会在这里见到更多的邂逅……

♥ 英嘉（创意写作课教授）

人们总是期待开学第一天秋高气爽，实际上，这一天几乎是全年最热的一天，太阳炙烤着大地，好像同时打开了一千台拳王牌炙烤炉。

站在这群创意写作课新生面前，我一边环顾四周，一边尽量避免滚落的汗水湿透我薄薄的衬衣。今早出门之前，我问帕姆这身衣服怎么样，她说看着像"性感的《草原上的小木屋》[①]"。我从不知道还可以这样形容一身衣服，不过我对这种随手偶得的搭配很是得意。

我跳坐在讲桌上，先确保身上那件"出自劳拉·英格尔斯·怀尔德笔下"的超短裙不会泄露春光，然后，我俯身看了一下手机上的时间。再给他们四分钟。开学第一天，尽管他们大都是高年级学生，但应该没几个来过这么深的地下二层。我发誓，这里远在海平面之下。我正想说这里有地狱那么深时，空调恰好开了。

花名册上27人，实到19人。我不禁希望能有个识趣的学生退课。我讨厌上创意写作课的人数是单数，这会毁掉我所有需要组对的教学安排。

我的助教推门走了进来。

"嘿，科尔！"我说。

"英嘉！这是哪儿？海底两万里格[②]吗？"他困惑地比画着问。

"还用你说！我要从这里撒一条啤酒坚果之路到我的办公室。"

"为什么是啤酒坚果？"

"因为如果非得那样浪费食物，我会浪费那些我不是特别喜欢的。我从来不会浪费那些好'坚果'[③]。"

---

① 美国著名儿童文学作家劳拉·英格尔斯·怀尔德（1967–1957）的代表作。
② 里格，长度单位，1里格=3英里，约合4.8公里。
③ nut常见意思是坚果，但也常被用来戏谑一个人傻或者疯，这里英嘉在戏谑科尔傻乎乎的。

门又开了，第二十名学生走了进来。他气喘吁吁，看上去疲惫不堪，注意到我和科尔的目光后，他冲我们腼腆地笑了笑。然后，他在靠近门的地方找了个位置坐下，挨着一名一脸怒容的孩子，以及一名看着比别的孩子年纪小，神情格外紧张的女孩儿。他冲那名女孩儿眨了眨眼睛——送去一个不易察觉的眼神，然后迅速转过脸去。两个人的脸都红了。

我又瞥了一眼手机上的时间，清了清嗓子。这是我最不擅长的部分。我教这门课有十年了，但每个学期的开场白都会被我搞砸。我总是尝试一些非常酷的方式。我都三十六岁了，到底想证明什么呢？

"嘿！嘿！嘿！"说完，我在心底绝望地呻吟起来。显然，我这辈子看了太多遍《胖子阿伯特》[①]了！"我们正式开始！"我拍了拍手。

这学期，至少我省略了"派对"这个词。有一年，我说："我们正式开始派对！"然后一直在解释为什么把写作课比喻成派对——写作课也很好玩，只不过没有一桶桶的啤酒，也没有太多跳舞的机会而已。

所有的学生都很专注地抬头看着我，除了那个愤怒的孩子。他搔了搔耳朵，翻了个白眼。他一定不是《胖子阿伯特》的粉丝。

"我是英嘉·梅尔森，这位是科尔……我的助教。"我忽然忘记了他的姓，于是冲他做了个"抱歉"的口型。他耸耸肩，笑了。"你们长途跋涉来到这里，并非误入了纳尼亚深处，这里是创意写作课课堂。"

---

① 《胖子阿伯特》（*Hey! Hey! Hey!*），美国 20 世纪 70 年代流行的一档星期六早间卡通剧集，一度与《芝麻街》（*Sesame Street*）齐名。

我开始滔滔不绝地讲述我在创意写作课上惯用的套话，同时给他们发放课程大纲。我机械地重复着套话，顺便看看这学期哪两名学生能凑成一对儿。在这方面，我有着不可思议的天赋。这得追溯到我读研究生的时候了，当时，我给我最喜欢的教授当助教，教授说，她喜欢把学生们想象成一个个的故事，随着课程推进，她会把其中一个故事在脑海里写完。我则青出于蓝胜于蓝，把故事非常浪漫地变成了现实。

二十世纪九十年代，我曾在研究课上选中过一对儿。他们现在已经幸福地组建了家庭，还养了两个孩子。他们是经我撮合最成功的一对儿。每学期，我看好的情侣们至少都互有好感。

"接下来，我要点名了，这主要是由于我希望自己能准确地说出你们名字。在这个课上，我们得互相了解才行，我希望你们也这样想。如果对彼此一无所知，你们是不可能成为作家的。"

愤怒的孩子名叫维克托。记下了。

神情紧张的女孩叫阿扎莉，不过她很快又补了一句："叫我莉亚就好。"说完，她好像没那么紧张了。

最后进来的男孩叫加布。他身上有我喜欢的安静气质。但他的站姿却让我忍不住想提醒他挺直身板。我相信，他的母亲每次见他都会提醒他。

还有个名叫希拉里的女孩，长得人如其名。至少，我以前想象中的希拉里就是这样子的——喜欢甩头发，说话语气很像《山谷女孩》中的女孩。后来，希拉里·克林顿出现后，我心目中的"希拉里"便荡然无存了。眼前这名女孩仿佛又把我带回了二十年前。

当然，这门课上还有别的孩子，但是这四个人格外引人注目。

点完名，我接着滔滔不绝地大讲套话。

"我有一个理论。"我说。

"那是个魔鬼。"莉亚说。她说得很小声，我差点儿就错过了，好在我没有。只见她立刻吃惊地捂住自己的嘴巴。加布看着她，笑了。

"一个跳舞的魔鬼？"他悄声说。

我引用了剧中角色鲁伯特·贾尔斯的经典台词："不，还不是那样。"

其他人都没有听懂我的幽默。就在那一刻，我确信，这学期我要撮合的一对儿是加布和莉亚。

他俩迅速交换的那个会意的眼神当然很好，但是，他俩在不经意间对出了《吸血鬼猎人巴菲》里面的台词，足以证明他们心有灵犀，而且，我非常高兴现在还有年轻人看这部电视剧。

现在，我得想办法撮合这一对儿。

我希望科尔能参与进来。以前的助教都对我的小游戏毫无兴趣。我看向科尔时，他朝我做了个"爵士手"，那一刻，我觉得我俩一拍即合。

长凳（草坪上的）

我是这片草坪上最老的长凳，但是并不被人尊重。

不得不说，这份工作还是有价值的，至少有时候是。偶尔，我会碰上一个非常完美的屁股，不过，每个屁股不是生来平等的。

最近有个屁股很不错，是我欣赏的那种——如果我会说人类的语言，我就会邀请它再来的那种。最棒的是，屁股的主人只是想来坐一坐，不闲聊，不晃来晃去，不随手涂鸦，也不乱吐口香糖。我希望能一直这样。

"加布。"一个声音响起，然后坐在他旁边。我不是很喜欢这半边屁股。它破坏了我正在享受的宁静。

"山姆。"完美屁股的主人说。

"你知不知道你离那堆鸟屎只有一毫米远？"

"你有事吗？"

"没有。妈妈给了我一些钱，让我在开学第一天给你买午餐。她担心你吃不饱。"

"为什么妈妈会担心这个？"

我想，对方肯定露出了一个意味深长的表情，才导致我见过的最完美的屁股站起身来走掉了。

♥ **山姆**（加布的哥哥）

"返校的第一天过得怎么样？"我问。

他耸了耸肩。我这个弟弟平时话就不多，在过去的九个月里，他几乎没开口说过话。

"不是，说真的，你得跟我讲点儿什么，好让我跟妈妈有得说，要不然她不会相信我带你出来吃过午饭，她会以为我把钱拿去买酒喝或者做别的了。"

"拍张我吃饭的照片吧。"他嘟囔了一句。

"或者跟我说说你今天过得怎么样。"我抓住他的胳膊让他停下，正眼看着我，"作为你的哥哥，我有权利逼你聊天。"

他叹了口气："好吧。告诉她我比想象中的累，不过在沙发上坐了九个月，觉得累很正常。不过别的都在好转，真的、真的。"

"你累？"我戳了他一下。加布不是个"大喇叭"。加布是个"闷葫芦"。"闷葫芦"朝我手臂打了一拳。"啊！痛！"

"她为什么不自己来问我？"

"因为她觉得你会骗她。"

"随便你们。我们为什么还在讨论这个话题？"

我们正准备离开草坪的时候，另一个长凳上有个女孩在向加布和我挥手。应该是冲加布的，因为我从没见过她。

加布挥手回应。所以，我猜她就是冲他在挥手。

"那是谁？"

"只是一个女生。"他说。

"我们应该邀请她吃午餐。她反正也没在忙。"我转身向她走去，他抓住我的背包，把我拽了回来。

"不要。"

"如果不理她们，你就永远找不到女朋友。"

"我没有不理她。"

"她好像在跟松鼠说话。"

"她有点儿……古怪。"

"你是怎么认识她的？"

"她是我创意写作课的同学。"

"哦，不错。写作课怎么样？"

他笑了："真的很不错，除了我差点儿迟到，因为我完全不知道英语教学楼有两层地下室。"

"哦，地下二层教室。不错，我在那里上过课。那里有很多传说，但是没有人亲身经历过。据说，有间盥洗室里住着一群美人鱼。"

加布笑得很大声，我很惊讶。这个笑话并不是很好笑，而且他近来很少放声大笑。他不再是以前的加布了。我跟妈妈这么解释过，但她好像没听懂。她原以为她可以或者说有义务做更多的事情弥补他，但其实都没有用。加布得自己走出来。

"不管怎么说，教授看着很酷，别的孩子也还不错。一切都并没有很糟糕。"

我们快走到餐厅的时候，虽然知道他可能会恨我提及那件事，但我还是想最后尝试一次。

"知道吗？你可以谈谈那件事。"

他翻了一个白眼："我发誓我知道。"

♥ 松鼠

那个女孩在吃花生。我爱坚果。

坚果，坚果，坚果。

橡子！

我一蹦一跳地穿过草地，尽量表现得可爱点儿，暗暗希望自己走大运——她会掉一两粒花生。她的损失就是我的收获。

她看到我了，还在微笑。

有戏！万岁！

她故意掉了一粒花生在地上，我吃掉了。

她在身边的长凳上又放了一粒。

是陷阱吗？

我慢慢咀嚼着第一粒花生，打量着她，想看看她是不是带着网、笼子，或者棕色的袋子，打算把我抓走。

她确实什么都没带，于是我跳到长凳上。

她看着两个男孩离开草坪。

"你觉得他们是兄弟吗？"她问，"他们的眼睛很像，鼻子也有点儿像，不过从这儿看很难看清。"

我坐直身体。她在对我说话。从来没人跟我说过话。哦，我多么希望我是人类，可以回答她。

可我只能一点点地啃我的花生。

♥ **维克托**（创意写作课同学）

我恨这门课，所有的一切。虽然才开课一个星期，但它已是我痛苦的根源。

我恨教授讲的愚蠢的玩笑，我恨这个地下教室，我恨班上的每一个人。特别是在每节该死的课上，一直坐在我旁边的那两个白痴，他们白痴得让我恨不得用自动铅笔戳瞎自己的眼睛。

我做了几个深呼吸。我需要冷静。这学期我要平安度过。这是唯一跟我的课表时间不冲突的文学课，我需要得到这门课的学分，顺利拿到毕业证。我可不想在下学期饱受实习煎熬的同时，再分心修文学课。

不过说实话，我原以为我们系的家伙已经够糟糕了——计算机科学系的人无比讨人嫌，但没想到英语系的家伙们简直是密西西比河这边最愚蠢的浑蛋。他们自以为有深度、有内涵。其实并不是。

如果坐我后面的家伙胆敢再踢一下我的椅子，我可说不好我会做什么。拼体力的话，我不敢说大话，但要是比脑子，我绝对稳操胜券。

就在我这么想的时候，他又踢了一下，我转身，给了他一个杀人的眼神。他坐直身体，把那双奇长无比的大长腿伸到过道，开始攻击挨着他坐的小妞儿，或者，至少是在攻击她的包。他把包里的"屎"都踢出来了。

我一点儿都不惊讶，他有一双无敌的大脚。他的大脚跟她那无敌的长脖子很登对。

他难道不知道手臂弯一下就能把包捡起来吗？他就像弗兰肯斯坦的怪物一样，动作僵硬得像没有关节。

"大脚"不断叽叽歪歪地道歉，"长颈鹿"则吱吱叫着"没关系"，算了。

我特别厌恶他们两个！

这学期到底还有多久才结束？

♥ **鲍勃**（公交车司机）

每天有成百上千个孩子坐我开的公交车。有的孩子乖巧可爱，有的完全是浑蛋，有的则中规中矩。有的嗓门儿大但不讨人嫌，有的纯粹是噪音制造者。有两个孩子总是特别显眼。有时候是因为他们聪明的相貌让人难忘，有时候只是出于一个简单的物流案例，比如他们总是在同一个奇怪的车站下车。我的妻子玛吉很喜欢听这样的故事。

最近，我经常跟她讲这两个孩子——一个男孩和一个女孩的故事。他俩跟别人有点儿不一样。

男孩抓扶手的动作很笨拙，这引起了我的注意。要说世上有研究怎么抓扶手的专家，可能有点儿搞笑，可我得说，这个孩子抓扶手的方式完全是错的。那样不仅显得笨拙，还会伤到他自己。我想给他上一课，教教他应该怎么做才好。

不过几天前，我发现他这样做是为了能偶尔靠近那个女孩，因为即使车上很空，他的动作也没有变化。他其实并没有真正靠近她，比如坐在她身旁。他好像喜欢"潜伏"。

那个女孩又是另外一个故事。公交车上经常有人抱着本书看。公交车或小汽车移动的时候，我可看不了书。我晕车。

于是，她总是手不释卷，他总是用会弄伤自己的方式抓扶手，而我，总是待在驾驶座上琢磨他俩。

车到站了。他们一起下了车，从头到尾没有说过一句话。他们都跟我说了"谢谢"，都非常懂礼貌。这让我很开心，让我觉得他俩应该相互说句话，可这种事我做不了主。

我注视着他俩渐行渐远——她走向宿舍楼，他转身前往学生中心。然后，我身后一个小恶魔开始大喊："能走了吗？"

有些小孩就是浑球。

凯西 （加布的朋友）

房门被敲响的时候，我正在打瞌睡。跟上帝发誓，如果又是厨房旁边那间房的新室友，我就要采取暴力行动了。我什么也没干，只是在睡觉，不可能制造出噪音吵到他。在他眼里，我就是只麋鹿或别的动静很大的动物。

我翻身挪到床尾，打开门。不得不说，小房间最大的好处就是开门不用下床。门外面是加布。门开了以后，他的视线扑了个空，表情十分困惑。

"嘿！这里！"说着，我坐起来，把门开大一点儿。他低头一看，笑了。

"我还在想门是怎么开的呢。"他放下背包，坐进电脑椅里，"我还以为你装了遥控。"

"我可不是研究那个的工程师。"我说。

"你好吗？"他问。

"还好，我在睡觉。"

"哦，该死，对不起，我应该先给你发个短信。我走了。"他边说边起身要走。加布就是这样——唯恐踩到别人的脚趾冒犯对方，殊不知我的脚趾他其实可以随便踩。我是说，我希望加布留下，即便他赶走了我的瞌睡虫。

"别，坐下。"

他顺从地坐下——加布就是这样。我读大一的时候才认识了他。当时我跟他的哥哥山姆才做了两三个月的室友。他们兄弟俩截然不同，起初我着实吓了一跳。为了考察这所学校适不适合自己，加布在我们屋住过一个周末。加布与我认识的山姆完全不同。

山姆很聒噪，而且是个厚脸皮，加布很安静，有时说话带刺。不过，虽然他看着过于安静，但要是没有他，又会觉得有点儿无聊。去年，每次去看他的时候，我总是这样跟他说。

他在啃大拇指指甲。

"一切还好吗？"我靠到床后的墙上，问他。

"挺好的。刚上完一堂创意写作课。班上有个女孩子……我很感兴趣。"他笑道。

"酷，不过你知道的，我问的不是这个。"我知道，如果他想说，自然会开口。我只是希望他知道，要是他打算找人聊聊，我一直都在。

"我知道，但是我现在想聊这个。"他说。

"好吧，可以。"我说，"跟我说说这个小妞儿吧。"

"她不是'小妞儿'。"

"跟我说说这个女孩、壮姑娘、女'星期五'。"

"你太损了，知道吗？"

"知道。"

"她只是我的同班同学，她很酷，我一直想跟她搭话来着。她对什么事都不放在心上。有一天，我把她的包踢到了地上，她没给我难堪，反而对我微笑着说没关系。"

"她叫什么名字？"

"莉亚。"

不可思议。加布和我一起的时候，不怎么聊女孩子。我聊起这类话题的时候，他总是点点头，安静地听着，在我说了冒犯女孩子的话时谴责我。有段时间，我以为他没有性别概念，后来我意识到，他只是太害羞而已。他不知道该怎么应对女孩子，所以选择了忽略不提。

"你想跟她搭讪？"

"你怎么知道我还没跟她说过话？没准儿她正待在外面一辆超棒的兰博基尼里，等着我载着她奔向夕阳呢。"

我挑了挑眉："别买兰博基尼。现在谁开兰博基尼啊？"

"好吧。让你猜到了。"他举起双手投降，"严格说来，我的确没跟她说过话。踢翻她的包的时候，我咕哝了声'对不起'，算不上真正的交谈。"

"你应该跟她聊聊。"

"也许吧，不过远远地喜欢她也挺有意思的吧，我可以想象一些跟她有关的故事，假装和她约会。"

"这么说，你要跟踪她？"

"随便你怎么定义吧。"他面无表情地说。

"听着，我并不想当什么都管的大哥。"我开始劝他。

"等一下，请先别告诉我'大哥'。"他用手指比了个引号，"我还不想和山姆说这件事情。他肯定会取笑我，更糟糕的是，他会告诉妈妈，而妈妈会开始为我挑选婚礼花饰。"

"好，但这很难，毕竟我跟他住一个房间。"

加布看着山姆的空床："他不会随时杀回来，对吧？"

"不会，他正忙着干活儿呢。"

"好。那么，'大哥'的建议是什么？"

"如果你真想跟她有进一步发展，她需要知道你的存在，知道你喜欢她。如果你不抱任何期待，那就没关系。不过你真的不能跟踪她。"

"有道理，谢谢！"然后，他换了个话题。

♥ 玛克辛（餐厅服务员）

经常有人问我："玛克辛，你怎么七十多了还在这家餐厅当服务员？"我一般都会告诉他们："这让我保持年轻。"我是不会告诉他们我已经八十岁了的。在大学城里工作，看着孩子们整晚进进出出，总是喊饿，总是一见我就喊"嘿，玛克辛！"我觉得自己仿佛有一百万个孙子、孙女，还都不会给我惹麻烦。

九月末，一个星期五的晚上，餐厅里温馨、安静。开学头一个月总是过得飞快。人们不停地进出餐厅，日子过得很忙。但是这天晚上，一切都很安静。

一群女孩围坐一桌，一群男孩围坐另外一桌。有些孩子，特别是男孩子，我认识。男孩们都是学校棒球队的，有时候有点儿吵闹，但他们是好孩子，很懂礼貌。这类男孩子很讨女孩喜欢。

也许下次我可以"一不小心"让他们坐一起。我以前这么做过，成效还不错。但是我的老板不太喜欢。他说我不能把桌子随便摆放，弄得餐厅乱糟糟的。我对他说："呸！这又不是白金汉宫！"

礼貌有加的孩子们温暖着我冰冷的心。他们一直说"谢谢"和"请"，我甚至得到了两三声"夫人"。现在这种称呼已经很少听到了。在我那个年代，这却是最基本的礼仪。它已深入我的骨髓。

我跑题了。

在这群可爱的甜心中，有两个人引起了我的特别关注。因为他们在自以为没人注意的时候，会时不时地交换一下眼神。一旦有人在看他们，他们就各自转移视线。

他们太可爱了，我不知道该怎么做才好。

所以，我送给他们免费的派，希望他们能再来。

是的，我真心希望他们能很快再来。

♥ 丹尼 （莉亚的朋友）

"你怎么样，亲爱的？"我走到莉亚的背后，拍了拍她的屁股。

"丹诺！"她大叫一声，转身用力抱了我很久，"我好想你。"

"为什么我们好几个星期都没见面？"

"不知道啊。"

我们就近找了个长凳坐下，两人非常小心地避开那坨干掉的鸟粪。一会儿我们要参加高中同学会聚餐，但在那之前，我们俩还有时间坐下来聊两句。高中的时候，莉亚和我经常在一起排练戏剧。得知她也上了这所大学，我特别兴奋。尽管毕业后我们也见过几次，但是每次跟莉亚在一起我都非常开心。

"对了，过得怎么样？"

"很好。"她说，笑得很灿烂。

"你就像穿着 8500 万美元一样，真讨人喜欢！"我告诉她。

"这件老古董？"她问，扯了扯她身上的羊毛衫——去年冬天老海军店里搞特价时，我陪她买的。

我大笑。

"你怎么样？高年级的生活还好吗？"她问。

"还不错。大三跟其他年级不一样。你知道的，新学期、新课程，一切都是新的。"我边说边打量四周，忽然，我抓住她的胳膊惊呼，"天哪！"

"什么东西？虫子？老鼠？蟑螂？"

"不，"我凑近她耳边，悄声说，"最完美的男孩。"我伸手把她的脑袋扭向那个男孩。

"加布·卡布雷拉是最完美的男孩？"她问我。

"哦，百分之百。他非常不错。我有个室友大一的时候跟他住同一个楼层，有时候会在聚会上碰到他。有一次，他还跟我搭讪来着。"我吹嘘道。

"哇，真的？"

"他太迷人了，而且他就是那种把自己隐藏得很深的人。你刚开始不会在意，可最后会突然发现他是'同道中人'！"

"我还真不知道他是……"

"哦，我敢肯定。"我告诉她，"有一次，他夸我的牛仔裤好看。"

她貌似还在消化这个消息："这么说，'牛仔裤'对话是另一次搭讪？"

"是的，我非常幸运。"

"你确实很幸运。"

"跟我来。"我把她拽起来。

"可是我们还有聚餐……"她指着反方向说。

"聚餐要去，但是我们现在应该跟踪一下加布，离聚餐起码还有二十分钟呢。"

"好吧，那走吧。"

加布没有走远，刚好走出草坪，但还没走到直通往校园另一边的人行道上。

"跟我说说加布吧。"我们一边走，她一边说，"他是我创意写作课的同学。"

"创意写作课！我的小心脏啊！"我说。

"他很阳光、很可爱，对不对？"她挽着我的胳膊，靠得更近了。

"绝对的！我原以为他会改学别的专业，比如体育教学之类。他可是棒球队的——难道他现在已经不在里面了？总之，我以前常在校园里看到他。不过上个学期他忽然消失了，仿佛人间蒸发了一样。算起来，我差不多有一年没见他了。我都开始担心他会提前毕业、转学或直接退学了呢。"

"别说得这么大声。"她咕哝着，"他都听到了。"

她说得对，我应该小心点儿："我太兴奋了，他是我心目中最完美的神秘男孩。"

"他几乎是每个人心目中最完美的神秘男孩。"

"没错。我希望他在我心目中的形象永远不变，这是我目前还没主动去结交他的唯一理由。"

她点点头表示理解。

"我居然还没有问你，"虽然我讨厌换话题，但现在必须先提一下，以免我待会儿忘记，"你的室友怎么样？"

"她很好！她叫玛丽贝尔。她很好玩，而且为人和善。她有一头漂亮的头发，让我想一直摸、一直摸。"

"你的头发也漂亮。"我边说边拍拍她短而直的波波头。

"没有玛丽贝尔的漂亮。"

"不信走着瞧。"

"她想弄俩假身份证。"说到这个，莉亚皱了一下鼻子。

"这主意不错。以后你就能随时和我出来玩了，至少，等我下个月满二十一岁，就可以了。"

"你没有假身份证？"

我耸了耸肩："没必要。过了十八岁就能出入大部分俱乐部，喝不喝酒对我来说关系不大。再说，我是十月生日，是所有朋友中年龄最大的。"

她笑了笑。

"现在，回到刚才那个话题。没有人知道加布究竟去哪儿了。他的朋友肯定知道，不过我宁愿幻想他去了海外，或是在照顾某位即将过世的亲人之类的，去做了一些比较感人的事。"

"这不是《我恨你的十件事》里面的经典情节吗？"

"希斯，安息。"我下意识地说，"是的，真相也可能没劲透了，比如他的父母手头紧张，或者他转了学，但他不喜欢那所学校。"

"我们还是假设他去了海外吧。"

我想了想："可是如果他去了海外，那就不是秘密了。"

"你怎么知道它是个秘密？也许只是你不知道而已。"

"好吧，我的室友莫林——你以后会见到她的——曾跟他住同一楼层。虽然他俩走得不是很近，但是他们有一些共同的朋友，那些朋友对加布的去向都不清楚。"

莉亚一脸怀疑："这么说，莫林直接问过朋友们加布的去向，没人回答她？"

"好吧，我不知道'莫莫'有没有直接问。不过我猜是这样。"

"也许他去了康复中心。"她说。

"如果他是个'瘾君子'，那也吓不倒我。不过，也有可能他在棒球队的时候，服用过类固醇之类的东西。"

"也许只是一些镇痛药，或者奈奎尔。"

"吃奈奎尔不至于去康复中心。"

"有时候跟你开玩笑一点儿都不好玩，你太爱当真了。"

我仰头大笑。

"也许是有别的'瘾'！"我激动地悄声说。

"说真的，丹尼，如果他有你说的一半神秘，那他很有可能作为一名文身师出国给英国女王文身去了。"

"问题是，英国女王会文什么图案？"

"戴皇冠的柯基犬。"她说，连想都没想，"加布会文什么？"

现在，加布和我们隔了几个路口。我们走得跟蜗牛一样慢，而且马上就要转弯了，不过仍能远远地看见他的红 T 恤。

"一个'妈妈'文身。"我咧嘴一笑。

"同意，而且是在肱二头肌上。"

"绝对的。"

"你确定他跟你是'同道'？"她问我，神情有点儿伤心。

"非常确定。"说着，我挠了挠头，"我是说，我这方面的雷达有时会出现故障，但它出故障的概率很小。"

她笑了笑："好吧。我们的任务是撮合你们俩。并且找出他上学期神秘消失的真相。"

"好的，同意。"我伸出手，和她握手成交。接着，我们向太阳之家那人见人爱的炸玉米卷走去。

帕姆（英嘉的闺密）

星期五吃晚餐时，我问："已经开学好几个星期了，我想知道，这学期，你看好的小情侣是谁？"我们两个人很少坐下来一起吃饭，这种情况一般发生在星期五晚上。

"真不敢相信我还没告诉你。"英嘉说，她的眼睛一下子亮了，"这回是一个男孩和一个女孩，加布和莉亚。如果我告诉你他们很可爱，相信我，我并没有夸大其词。"

"每次你都这么说。"我说，身体往后一靠，呷了口红酒。

她翻了个白眼："他们全都很可爱，但是这一对儿非常特别。在任何地方我都能注意到他们，不仅仅是在课堂上。"

"这话你以前也说过。"

"我知道，但他们给了我一些很棒的证明。有一天，她在课上朗读一篇短文，他绝对是在一旁流口水。"

"也许他只是刚刚看完牙医。"

"你怎么一直取笑我？"她瞪着我问，"他们之间有故事。跟你说，不可能没有。他们之间有种让人难以忽视的化学反应。虽然还不清楚到底是什么，但我一定会尽我所能撮合他俩。"

我摇了摇头，忍俊不禁。我的闺密对牵线搭桥一事格外热情。

"起码要让他俩说上话。"

"这是最起码的。"我点点头，取笑她。她根本没留心，只是继续往下讲。

"他们几乎每堂课都坐邻桌，有时候，维克托会坐在他们中间。"她做了个鬼脸。

"诅咒你，维克托！"我挥舞着拳头说，"维克托是谁？"

"他是那种必须拿下这堂课的学分才能毕业的学生。"

"哦，那种学生。"

"他居然有胆在答疑的时候跑到我办公室，要求我配合他个人的时间表，把大纲改一下。我当时真想给他两巴掌。"

"总有那么一两个……"

"他让我想到了《坏女孩》里面的那个印度小孩……"

"凯文·G.。"我脱口而出。

"对！比他更可怕，因为这孩子在班上从一开始就不高兴。我有点儿担心他会放火烧东西。如果说我的创意写作课是一片绿洲，那他就是一个污水池。"

"我懂。"

"话说回来，他们有时候会做这样的事情：其中一个看着另外一个仿佛有话要说，但一旦另外一个觉察到有人留意自己的时候就会转过头去，所以，俩人就会错过。"

"呃，时机不凑巧。"

"简直糟糕透了，但是加布和莉亚会相爱的，记住我的话。"她用手指敲了敲桌面，强调着她的观点。

"这些话吗？记住了。"

接下来的几分钟，我们都在安静地吃饭。

"最近天文物理界有什么新鲜事吗？"她问。

"我们都一起住了五年，你还是不清楚我每天都在干什么。"

"啊，我真不知道。"

十 月

这是他们成为朋友的最好时机

夏洛特（咖啡师）

独自在这种可怕的早晨上早班，可以说是我在星巴克工作生涯中最惨的事情。新来的经理似乎并不知道，我必须和塔比莎或基斯搭档才行——他们让我保持冷静，阻止我勒死那些顾客。

瞧，谁进来了？是加布那个失败者。在星巴克工作，有一个有趣但是不好的现象——你能记住常客的名字。不幸的是，他们也知道你的名字。曾经有好长一段时间，加布常光顾这家店，但是去年没怎么来。我都快要想念他了，不过现在他来了，比之前更古怪了。他居然在自言自语。

在塔比莎和基斯的眼中，加布是某种特别的"小雪花"。他们认为他是世界上最帅、最害羞、最完美的男生。我个人认为他们都是疯子。在我看来，这孩子呆头呆脑的，而且呆得难以形容。

"你好！"加布朝收银台走来的时候，我尽量堆出一个最标准的星巴克微笑，然后收了起来。

他什么也没说，只是继续盯着他的鞋子。

"你好！"

没回应。

"嗨！小伙子！"我扫了一眼收银台，想找个东西戳他一下。

他后面的女孩推了推他，他抬起头来。

"不好意思。"他咕哝了一句。

"没事。"我说，尽管心里并不这么认为。

"请问点什么？"

"咖啡，大杯，加奶。"

"苏门答腊还是派克市场？"大多数时候他会选派克市场，但有时他会混着喝。

我说的都是十分基本的话，问的都是浅显易懂的问题，可他盯着我，好像我说的是外语一样。

"苏门答腊还是派克市场？"我几乎喊了起来。真是荒唐。

他看着我的嘴唇，又是摇头，又是耸肩："我不知道你在说什么。"

我指了指我身后写着"苏门答腊"和"派克市场"的咖啡缸。

"哦，苏门答腊就好。"他说。我感觉有点不好意思。他的脸颊已经通红，红得像肉桂糖果一样。而且他给我礼品卡的时候，眼睛一直眨不停。

我这辈子也想不通为什么塔比莎对他如此迷恋。"她可以喜欢更好的。"递给他咖啡的时候，我心想。

"谢谢。"他咕哝着，往口袋深处掏了掏，在小费罐里放了几枚硬币。我不得不竭力忍住感谢他的冲动——为那七美分小费，直到我告诉塔比莎和基斯，今天这个小伙子有多奇怪。

♥ **维克托**（创意写作课同学）

不知道我过去到底做过什么十恶不赦的事，现在才要被迫忍受这样的惩罚。

为什么"大脚"和"长颈鹿"总坐我旁边？我发誓每节课我都是随意地选择座位，可最后要么坐在那两个讨厌鬼中间，要么紧挨着他们。我绝对没招惹过他们，我很肯定。

在两个眉来眼去的家伙一旁扮演监护人，简直烦死了。你们早该开口聊天了！你们这是在大学，别再扭扭捏捏，一副"可爱"模样！我说的"可爱"并不是夸赞。他们真让人倒胃口。

如果我抢在"大脚"前面约她出去，他会怎么做？也许他会踹我一脚，或者用两只大脚把我踩碎。

"维克托？"英嘉的叫声打断了我的思绪。她一定觉得自己那副时髦眼镜和紧身羊毛衫以及支棱着的金发很酷。

"怎么？"

"该你分享故事构思了。"

我需要想个全新的、有创意的方式离开这间教室。这就是我的故事构思。

♥／英嘉（创意写作课教授）

送走一个学生后，我很高兴地看到加布和莉亚都在过道上等我。其实，当办公室的门一打开，他们抬头看我的时候，我就跟他们比了个"稍等片刻"的手势，我想让他俩在外面多待一会儿。

我关上门，手指不停地敲着桌子，伸长耳朵——万一他们决定开始聊天了呢？

我数到三十。

虽然这样做很不专业，但我管不住自己。

我又数到三十。

过道里鸦雀无声。我叹了口气，打开门。

"谁先来？"我问，继而意识到自己的笑容过于灿烂了。

"女士优先。"加布说。一瞬间，我们三个，包括他自己，仿佛都被他的骑士态度吓到了。他尴尬地靠着墙，看向别处。

"好吧，莉亚。"我说，"请进。"

我们聊了一会儿。我告诉她，我非常喜欢她上一个短篇故事的思路。

听到赞扬，她坐得更直了一些，露出微笑。

"谢谢。我也不太清楚那份作业是怎么完成的。坦率地说，我在写东西的时候，偶尔会觉得自己有点儿……太年轻了。"

"你是大一新生？"

"是的。"

"我教过很多比高年级学生写得棒的大一新生。年龄跟写作没有太大关系。有些东西的确会随着阅历的增长而提升，但什么年纪才能写出好作品，并没有这方面的限制。"

"听你这么说，我感觉好多了。"

"在班上有交到新朋友吗？"我急切地问，这个问题其实主要是为了满足我的个人兴趣。

她揉了揉鼻子，望着门口："算不上吧，有个男生，叫加布，还不错，但我不知道他是否需要朋友。"

我点头，微笑，紧咬双唇——免得突然蹦出些非常不合时宜的话，比如"我就知道！"

我深吸一口气："其实，有个互评搭档挺好的，我们很快就会提到这个。"

"好的。"她说，然后站起身来。

"只有这些？你没有别的想问的了？"

"没有，我只想知道我的写作思路对不对，而你一开始就给了我肯定的答案。就这些，谢谢！"

"很好！"突然，我的脑海里灵光一现，"你能叫加布进来吗？"现在，她没别的选择，肯定要跟他说话了。

她打开门，一个字也没说，只是示意他进来。我猜，至少她对他笑了。这俩以及他们不爱说话的个性真要人命。

他一阵风似的从我身边掠过，径直坐进椅子里。除了必要的问候，他没有一句寒暄。仿佛他事先打了无数遍腹稿，如果不赶紧说出来，整个人就会爆炸似的。

"我的问题是字数写得太多。"他在牛仔裤上搓着手，飞快地解释道。

"那算不上什么问题。"我说得很慢，希望能让他冷静一点儿。

"即使是有字数限制的短文？"

"我的意思是，两千字的作文不要写到五千字。你要是愿意的话，可以给我看看，我们一起想办法精简一下。"我提议，"你想象不到有多少作家也会精简字数——用更简练的词或者删减一些冗长的描述性文字。"

他微笑着点头。

"还有其他问题吗？"

"也不算是问题，我只是有点儿担心。我们要当着全班同学的面念自己的作文，对吗？"

"是的，也许……不只一篇。"

"能逃过去吗？"

我很同情地对他笑了笑，然后摇摇头。

"我好像要做很多思想准备，因为……我也说不好……跟陌生人分享那些东西会让我感到……"

"暴露弱点？"我提示道。好多学生都有这个担心。

"是的。"他叹了口气，耳朵渐渐红了。

"那样的确有点儿艰难。我不会建议你忽略这种感觉或者干脆忘掉它，但我想说，这门课并不是一定要写一些让你感到不安的东西。如果你发现在课上展示自己写的东西有困难，可以找我和科尔。我们都非常乐意帮你展示，不会漏掉你的任何要点。"

"好的。"他点了点头。

"就这些？"

"是的。"

"天！你们这些孩子让我过得越来越舒心了。"

"不然我编几个问题？"

"不！我今天要早点儿回家。"

"谢谢你！"他说，然后起身，微笑，溜出门外。

我靠到椅背上，转了两圈。今天收获不多，但至少有一点儿进展。

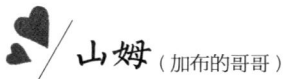

♥/**山姆**（加布的哥哥）

加布在创意写作课认识的女同学——确切地说，是加布在课上"迷恋"的那个女生，正在图书馆的书架中徘徊。看得出，她迷路了。

"你好。"她在我面前出现了三四次后，我走上前去招呼了一声。

"你好。"她倒吸一口气，看了看我，又看了看书架标签，然后又看着我。

"需要帮忙吗？"

"你在这里工作？"

"是的。"

"噢！那么……也许你能帮我。"

她拿出张小纸条给我看。

"你应该去楼下那层。"我说。我原本应该把手推车里的书放回书架的，但我把它推到一旁，领着她走下楼梯间，来到了她要找的书架前。

"非常感谢！"她一边说，一边取下书，抱在怀里。

"不用谢！我叫山姆。"我说着，朝她伸出手。

"莉亚。"她说。她的回握非常得体，给人印象很好。

"你认识我弟弟，加布，对吧？"

她从书中抬起头看着我："什么？不，我是说……"她停顿了一下，显然有些慌张。她和加布简直就是天造地设的一对。"我们在一起上课，但我不认识他，不，我是说，我不了解他。我们没有……我们不是朋友。"

我点点头。即便心里已经在哈哈大笑，我还是努力让脸上的笑看起来别太夸张："我会把你的话如实转告他。"

"不要！"她惊呼。

"开玩笑的。"我许诺道，然后拍了拍她的手臂。

"再次感谢。"说完，她抱着书转身走开了。

看着她离去，我一直在剩下的值班时间里幻想着这两个疯小孩在一起的场景。这样一来，起码时间可以过得快一些。

♥ 松鼠

一年中的这个时候，最美好的莫过于橡子。橡子无比美味、无比神奇，是最棒的食物。如果不吃橡子，简直是巨大的遗憾。我跟朋友们说过橡子有多么美妙，他们有时会盯着我，觉得我疯了。其实，我只是对橡子疯狂而已。

我看到一个男孩儿和一个女孩儿。女孩儿曾给我吃过花生。她经常观察男孩儿。他也常打量女孩儿。但他们每次都错过对视的时机，不过今天他们没有错过。两个人脸上的笑容很灿烂，像是马上要咧嘴大笑。

我希望他们大笑。

希望他们喜欢橡子。也许我该朝他们扔一些橡子。不！这个主意不好！我不想失去我的橡子；我不要跟别人分享。叫我坏松鼠好了，反正我就是不想分享我的橡子。

不过也许这正说明我是好松鼠。一只完美的松鼠，一只非常典型的松鼠。

♥ 希拉里 （创意写作课同学）

十月的一个下雨天，"叫我英嘉"教授在班上宣布道："接下来，我们进入长期互评写作环节。"她的语气很兴奋，好像这是自活字印刷技术发明以来最大的好事，或者一个英语教授最应该激动的事。

"我们要写一组简单的故事，一千字左右，然后在接下来的几星期里，跟你的搭档分享、互评。这样你们可以在第一时间看看别人是怎么写的，然后我们再轮换搭档。互相学习很重要。"

我坐直身体，举起手，也不管自己没被点名发言，直接问道："要写什么主题呢？"

"一些简单的，比如一份特别的童年记忆，让你比较容易下笔的。可以是悲伤的、开心的、有趣的，不过记得写一千字左右。你的写作不必涉及个人隐私。如果你觉得这个主题可能会涉及这方面的问题，请在工作时间内找我。你不必描述具体情况，我们也能找出对策。"

说实话，关于这一点，我还是很敬佩"叫我英嘉"教授的，尽管她只是某种教育工具。在人性的局限和写作主题之间相矛盾的问题上，她的观点比较务实。比如，要是小时候遭受过虐待，岂不是任何有关童年的回忆都能让人联想到过去的阴影？不过要是真有这种问题，那人大概不会出现在大学创意写作课上，很有可能会蹲在监狱里酿厕所酒。

这种想法我自己知道就好。

厕所酒的事我也不宜想太多。有一次，我跟室友在一个乐柏美储物箱里调了一大箱潘趣酒，加了些酷爱葡萄味饮料。所有人都说它看上去像厕所酒，可那些哥们儿怎么知道厕所酒什么样？

"还有问题吗？""叫我英嘉"教授问我。我必须马上从厕所酒的走神中清醒过来。

"可以自由挑选搭档？"

"当然。这里不是幼儿园。"她笑了，好像刚说了句超级聪明的话。尽管很敬佩她，但我又开始讨厌她了。

我用手梳了梳头发，环视整间教室。人数是偶数，不错。我不想跟瞌睡虫维克托一组。我整个学期都在密切关注着美味可口的小加布，于是我从我俩中间的空椅子上探过身去。从某个角度看，他很像曾跟我姐姐约会过的骑摩托车的男生。那个男生很性感，但我姐太笨，根本降不住他。

"加布！"我呼唤他，仿佛我们俩是老朋友。

他没有回应。我团了一个纸团扔向他。他吓了一跳，朝我看过来。我朝他勾勾手指，信手做了个"做我搭档"的手势。

他挑起了眉毛。

"我们得一组。"我手托着下巴，冲他说。我都开始为自己懊恼了——居然把自己最擅长的招数用在班里这个半失败者身上，不过他也算不上是半失败者。他不刮胡子的样子、课上发言格外手足无措的样子都特别可爱。要是他鞋子再酷一点儿就好了。等我们成了搭档，我可以传授给他关于鞋子的品位常识。他的鞋子都是休闲懒人鞋，从没有鞋带，看着还都很廉价，连卡骆驰都不是。

"怎么样？"我再问。

"哦。"他移开视线，"我想，嗯。"他转向我，然后点了点头。

成功！

我俩把椅子拖到一起。

"在合作之前，我有个问题想问。你是意大利人吗？我超爱意大利男人。"

"呃……我有葡萄牙和威尔士血统。"

"南美人，更棒！"

他一脸古怪地看着我："你知道葡萄牙不在南美，对吧？"

"好蠢，我当然知道。"我碰了碰他的手臂，"我开玩笑的。"

葡萄牙在哪个鬼地方？

英嘉（创意写作课教授）

布置完作业，我看到莉亚在做笔记，加布在盯着她的后脑勺。这是他们成为朋友的最好时机。希望他们都没有悲惨的童年。我发现，童年是个绝佳的作文主题，能让我关注的一对儿真正热络起来。分享童年的回忆总能让两个人走得更近。

时间嘀嗒溜走，而我还没见过他俩说话。他们大部分时间都在出神地凝视着对方。显然，他们彼此吸引。就好像他俩一直各自秘密地倾慕对方，现在，他们该共享彼此的秘密世界了。

莉亚从笔记本里抬起头，冲我笑了笑。但接下来，我俩同时注意到，加布在跟希拉里说话。

该死，希拉里！"秘密世界"的不速之客！随着希拉里一次次撩起她那头褐色的头发，我仿佛看见加布和莉亚相爱的希望正渐渐远去。她的褐发上挑染了淡褐色和蜜色。加布应该不是那种会被撩头发这种小动作俘虏的人，但我对他了解并不深，所以，我无法完全信任他。

我重重地叹了一声，前排大概有一半的学生都听到了，所以，我面露微笑，背转身去，镇静下来，并没有伸出手拧断希拉里的脖子。帕姆肯定讨厌这一幕，不过大概主要是我对这段关系过于关注的缘故。

我转身去看莉亚，她看起来还好。坐在她另一侧的女孩像是被她迷住了一样。我希望加布和莉亚在分享童年故事的时候能坠入爱河：比如他的十岁生日派对，或者她那床奶奶做的世界上最温暖的被子，或者她的头卡在椅背横档中间拔不出来，又或者因为姐姐说他会飞所以他从房顶上摔了下来……这类故事可以让两个人走得更近。这些例子都来自于以前的学生写的短文。

现在，由于冒出了个希拉里，这些永远也不会发生了。

我从不知道我会如此讨厌"希拉里"这个名字。我现在怒火攻心，跟维克托每天在课堂上的状态差不多。

我同情地看着莉亚，她回了我一个微笑，跟往常一样的微笑。我不会和希拉里就这么算了的！她摸到了老虎的屁股！

♥ *山姆* (加布的哥哥)

准备离开学生中心的时候，我发现加布躲在后面的那个角落里，整个身体几乎隐在了楼梯后面。妈妈一直让我看好他，即便是我再三跟她保证他一切都好。

我在他对面坐下来："我不知道这里还有座儿呢！"

他好像没有察觉。我敲了敲桌子，他吃了一惊，取下耳塞，盯着我。

"嘿。"他开口道，"我没听见。"

"真新鲜，我刚刚说，我不知道这后面还有个座儿。"

他往四周看了一下，仿佛没意识到自己坐在哪里似的："可能是最近加的椅子。不过我挺喜欢的，很僻静。"

我点了点头："最近怎么样？"

"还好。"

"在忙什么呢？"

"等创意写作课的互评搭档。"

"和那个叫莉亚的小妞？"

"不是，是世界上最烦人的女生。我倒希望和莉亚搭档。"从他的表情来看，他说的是真心话。不幸的是，我又端起了令人恶心的"大哥"的架子。

"所以你是真的喜欢她！"

他翻了个白眼。

"跟她说过话了吗？"

"没有。"

"我那天跟她说话了。"

他的注意力被我吸引过来："什么？山姆，你跟她说什么了？"

"什么都没有。我发誓！"我连忙举手投降。

他盯着我："你敢发誓你没有乱说话？"

"我发誓。"

"我不相信你。"

"随便你。"

"好吧。"

场面一时有些僵，但我还是决定继续。

"你应该跟她聊聊。她人不错。"

他耸了耸肩。

"说真的，伙计，为什么不呢？"

"你知道为什么。"他说。是的，我知道为什么。但在我看来，他的问题都很蠢。当然了，我是他哥哥，这种话只有我能说。"聊点儿别的吧，随便什么都行。"

"你那个学习生活辅导员……还是生活学习辅导员——随便哪个说法吧，当得怎么样？"

"不轻松。有天晚上，一个女生跑来跟我哭诉她的微积分课。我从没学过微积分。对我来说，微积分预备课就足够我招架的了。我完全给不了她任何意见。"

"真是棘手。"

"是的。对被分配到我这里的学生，我挺抱歉的。如果不是我失去了奖学金，他们原本应该有个更好的导师。"

"我十分肯定，要是你真那么没用，校方是不会给你这份工作的。"

"我十分肯定学校给我这个职位只是出于歉意。"

"不管怎样，"我说，我努力想抓住一个话题——随便什么，把他从正在形成的自怨自艾的旋涡中拽出来，"你有了个单人间。"

听到这个，他低笑起来："说得对。"

"住单间，听着就很爽。"

他挑了挑眉，看着我。

"听凯西在睡梦中放屁我都听了三年。"

加布哈哈大笑。

"要不要去餐厅大吃一顿？"问完，我才意识到自己好像有上千年都没吃过东西了，寝室里好像也没什么存粮。

"不了，我要等世界上最烦人的女孩，记得吧？"

"哦，对。你是怎么被她缠上的？"

他皱着鼻子说："她要求跟我搭档，而我不知道怎么拒绝。居然不是莉亚来找我搭档，我到现在都还想不通呢。"

"她为什么那么讨人厌？"

"好吧，首先，她以为葡萄牙在南美洲。"

我摇了摇头，笑了。

"有你受的了，兄弟。"我说。

"有时候，生活就是煎熬。"他说，语气好像一个智慧老人。

"是的，但是……"我停顿了一下，看着他专注地把书摆满整个书桌时额上的皱纹，继续说，"其实也没那么难熬，除非你有意为之。我知道你不喜欢我这么说，而且这么说也没什么用……我不想跟你吵架，但有的时候，你真的可以……寻求帮助。"

他盯着我。那一瞬，我以为他会哭呢。

最后，他说："我知道。"

"很好，你知道就好。"

"真的，所以，我已经开始看心理医生了。"

"做得好。"我有点儿吃惊地说，我知道爸爸妈妈一直在鼓励他去看心理医生。就在我们想创造一个"精彩瞬间"之际，一个脸上堆满假笑的女孩出现了。

"让我猜一下，那就是你的搭档。"我说，点着下巴示意他。

"很不幸，"他说，肩膀一塌，"是的。"

我一阵风似的迅速转身离开。我可没兴趣见世界上最讨厌的女孩。

弗兰克（中餐厅送餐员）

这两个订单有问题。同一幢楼里不同寝室的两个人点了完全一样的外卖。以后再也不能让林接电话了。她总是出岔子。绝不能再让她负责接听星期天晚上的订餐电话了，绝对不行。

我给两个人都打了电话。希望订错的客人能照单收下，至少，看在我来送外卖的面子上——这说明我很重视他们。虽然我讨厌重新跑回餐厅换餐，但这份工作就是这样。

我大概等了有一百万年！期间我在大厅里晃荡着，尽量让自己看着不像是在踩点儿的小偷。我手机都快被打爆了。今天晚上，仿佛每个人都有自己必须出去玩的理由，但我明早九点有实验课，我不能搞砸了。实验课我得过"A"，我不想失去它。

终于，两边电梯门同时开了。一个女孩从一边的电梯里走了出来，一个男孩则从另一边冒了出来。

"外卖？"我举起两个袋子。

他们向我走过来，瞥了一眼对方。

"你们是不是点了同样的东西？"

"一份鸡丝麻酱面配煎饺？"女孩看了看我，然后看向男孩。

"嗯。"男孩说。他的声音仿佛多说一个字都得多喘一口气似的。

"真的？"我问。

他点头，她微笑。

"你俩不是一对儿？"我非常困惑，"从没发生过这种事。虽然这不是什么不得了的大事，但我在我家餐厅送了六年外卖，还从没遇到过这种事呢。"

"不是。"女孩说。看来，现在她是"发言人"，"不是一对儿，但是很高兴我们打破了你的某些纪录。"

"好吧。我只是想建议你们一起订个大份的煎饺，价格便宜，分量十足。"

听到这儿，两人都笑了。"饺子多一些不是坏事。"女孩说。

我把外卖递给他俩，收了钱——两人都给了很不错的小费。往外走的时候，我回头看了一眼。在等电梯的同时，两人正四目相对。

♥ **玛丽贝尔**（莉亚的室友）

在家里待了个周末后，星期天晚上，我返回学校宿舍。刚进屋，莉亚就结结实实地撞了我一下。

"我也很想你。"我说着，伸手接住莉亚和一堆刚洗好的衣服。

"最糟糕的事发生了。"她哀号起来。

"什么？天哪！发生了什么事？"我做好了迎接坏消息的准备，迅速地把最坏的可能都想了一遍。

"加布住这里！"

"这不是好事吗？"

"好吧，是好事，但我之前不知道他住这里。一直都在！我怎么想不到呢？我们总是在同一个公交站下车啊！我从没想过他也住这幢楼。我刚刚知道他住在综合区那边。"

"没有很糟啊，跟暗恋的人这么近不算坏事吧？"

"糟糕的不是这个。"

我叹了口气，把衣服放在我的床上。在我开始收拾东西的时候，莉亚重重地倒在床上。

"你的麻烦是什么？"我问她。

"我订了中餐。"她开始讲述。

"有没有给我留点儿？"

"小冰箱里有剩的饺子。"

"啊，美味。"

她翻了个白眼："送餐员打电话让我下去取餐，等我到了大厅，你猜，谁从对面的电梯出来了？大活人加布！"

"哇！真棒！"

"我也是这么想的。"她赞同地说，"但在送餐员惊讶于我们两个居然点了同样的东西，并且表示这种事他们从没见过的时候，加布全程什么都没说。后来送餐员问我们是不是一对儿，让人真有点儿尴尬。"

我比画了个"还好"的手势。

"接下来才更糟糕。"

"怎么？"

"我们一起等电梯，互相对视了几下，反正就是不时地瞄对方几眼。我就想，找个话题聊聊吧……"

"你可以告诉他，你很喜欢上周他帮你批改的那篇作文。"

"对，正常人都应该这么做。"

"哦，不是吧，'非正常人'都说了些什么？"

"嗯，那个笨蛋看着他的眼睛说：'作为一个中国人，我得说，你的中餐品位不错。'"

"是有点儿糟。"我说。

"你会对别人说'作为一个墨西哥人，我认为，你对墨西哥菜的品位不错'吗？"

"呃……照你这么说……"

她把卫衣帽子翻上来，拉紧抽绳，只露个鼻子在外面。

"莉亚，我逗你呢。真的没那么糟啦。"我挨着她坐下，"他回了你什么？"

她松开帽子，好方便说话："他只是站在那里，对着我嘴巴开开合合的。"

"我的意思是，要是你恭维了他的文章当然更好，但是所有的缘分并不会因为你说了些古里古怪的话就消失掉。"

"这是我第一次鼓起勇气跟他说话，可我都说了些什么？我平时不那样。那根本不是我会说的话。"

"你应该赞美他的文章，然后邀请他一起用餐。"

"在这些重要的时刻，你为什么不在我身边，给我指导？你为什么留下我独自挣扎？"

"我不知道该怎么回答这些问题。"

她眯着眼看着远处："话说回来，要是我邀请他一起吃饭，一定会是场灾难。在他面前，我很难冷静下来。我肯定会给他背我们家的族谱，或者说一些'外来词'的复数形式，最后弄得不欢而散。"

"没准儿那样恰好很对他胃口呢。"我抚着她的背说。

"我现在不停地告诉自己——还有机会，见到他未必需要格外冷静。"

"很好，继续。"

她又系紧了卫衣帽子，然后摇摇头。

❤ 夏洛特（咖啡师）

"最近见过我的完美宝贝小加布吗？"闲下来的时候，塔比莎问我。显然，她想跟我聊点儿八卦。我的确不想工作，可也没有太多心情聊加布。"我见过他几次，但是远远不够。所以，要是你见过他，我就能多了解他一些。"

"你疯了。"

"他太可爱了！"

"他这人好像有问题。"我不想说得太刻薄，主要是因为塔比莎是个善良的人。遇到像塔比莎这么友爱的同事，而且还是在星巴克，可不是常有的事。但是，我不想让她期望过高。

"不可能！他很讨人喜欢！"

"几星期前，他来过，但整个人精神恍惚，让人怀疑他犯了药瘾。"

她耸了耸肩："我对别人的用药习惯不做评价。"

"当时是上午十点。"

"也许他只是没睡醒。"

"我大概问了他四十遍想要多大杯。"

"你说话含混。"

"每次他来，连最简单的问题都回答不了。在问多大杯之前，我问过他要苏门答腊还是派克市场，再上一次是问他酥饼要不要加热。我不会再问他了。"

"他只是不爱说话而已。我见他的那几次，有个叫莉亚的女孩也在。他们看着对方微笑的时候，都非常害羞。我们好像能见证他俩的爱情开花结果。"

"你最近跟猫待得太久了。"

"你最近跟头蠢驴一样。"她反击道。

我震惊了，于是朝她扔了一块擦蒸汽棒的抹布。

"恶心。"她说，"我不稀罕破抹布上的干奶渍。"

"我也不稀罕听你那些瘾君子和某个小妞的爱情打油诗。"

"我支持他们两个。"塔比莎说，手托腮，盯着门口，仿佛正迫切地期待他们一起走进来。

"我就不该对加布发问。"我嘟囔道。

"就像期待电视剧里的男女主角在一起一样。支持他们，希望他们恋爱，然后永远幸福地生活在一起。"

"我原以为你想和加布在一起。"

"啊，当然，那样最理想了。但是他喜欢莉亚，我能看出来。如果我和他不能幸福地在一起，那么我会特别希望他和她能幸福美满。"

"好吧，塔比莎，跟我说实话，你有没有写过关于星巴克顾客的虚构小说？"她把那块抹布扔还给我。这时，门铃响了。我们两个同时扭头去看。来的不是加布，也不是莉亚。

"也许我应该写一写。"她笑着说。

我翻了一个白眼。

"我只是喜欢他们。我喜欢他注视她的样子，也喜欢她凝视他的眼神。我觉得，他俩会生个特别漂亮的宝宝。"

"天哪，塔比莎。"我摇了摇头。

"每天看着这两个人产生交集，当事人却毫不知情，啊，想想都觉得很棒。我知道，这样像是在偷窥，很诡异还很可悲，但这让我很开心。目前也没有什么事能让我开心，所以就让我尽情地欣赏这段顾客之间的爱情吧！"

"我实在不想告诉你这件事。"我说，"但是昨天，加布跟一个特别假的小姐来过这里。"

"你居然现在才告诉我！"

"我只是才想起来而已！"

"好吧，剧情有点儿老套。"她一脸沮丧。

"也许不是我们想的那样！也许他俩是亲戚。"我说。我真不知道自己为什么要替那个呆子说话。

随后，店里忙了起来，我们没再继续这个话题。不过，我必须承认，接下来的时间里，我总是时不时地想起加布和莉亚。

♥/丹尼（莉亚的朋友）

我看见她跟着几个朋友从公交车站台上走出来。那天是万圣节前夕，所以，我差点儿没认出这个满头卷发的人。

"阿扎莉！"我叫住她，跑到街对面。

"丹尼！"她大喊着，在空中挥舞双臂，跟跳舞似的。

"你有八十岁吧？"我说。

"绝对的！"

"你喝——酒——了？！"

"一点而已，算是热身。"她点点头，"玛丽说很好玩，是真的！"

"你好，玛丽贝尔，我是丹尼。"我跟玛丽贝尔握手。

"你好。"

"对了！这是比安卡，她也跟我们住同一楼层。"莉亚说着，脚尖点地，蹦来蹦去。

"你们要去哪儿？"我问。

"玛丽贝尔有个高中同学住在棒球之家，就是一群棒球运动员住的地方。"比安卡回答我。

"哦！肯定是加布的哥哥住的地方！"我一拍手，恍然大悟。

"啊，是莉亚非常迷恋的那个加布？"比安卡说，莉亚给了她一个杀人的眼神。

"你很喜欢加布？"我问莉亚，挑起一道眉毛。

莉亚耸了耸肩："有那么一点点。"

"他就是只狐狸。"我说。

"没错。不过你说得对，他可能不喜欢女生。"莉亚摇摇头，一副伤心的样子。

"啊，别伤心，宝贝。他人不错，最起码，是个值得结交的朋友。"朋友们在催我回去。"我该走了。你们要不要明天和我一起吃饭？中午我给你发短信，莉亚？"

"好，当然可以！"莉亚很期待地说。

"好吧，再见！"我一转身，跑回街对面。

♥／凯西（加布的朋友）

我爱室友们，真的。但每到这样的夜晚，我都特别希望今年我和山姆能有个公寓。那样一来，在万圣节前夕，我们就不用招待一大帮朋友的朋友了。虽然很好玩，但是有太多不安定因素。尤其是今年，戴面具的人太多了。我从没见过哪个派对上有这么多人戴面具。

十一点左右，加布来了。我跟他说过，可以随便带朋友来玩，但好像他跟朋友们都失去了联系。

"包里是什么？"他闲逛的时候，我问他。

"我今晚可能要睡这里。"他说，"山姆说可以……"

"当然！"

他跑上楼去。我打算等他下楼后，再去拿一瓶啤酒。

"我以为你会早一点儿来。"他再次出现的时候，我嘟囔了一句。

"我本打算小睡一下的，结果一睡就是五个小时。"他耸了耸肩膀。

"你拿的到底是什么东西？"

"这个？"他举起一张我平生见过的最旧、最怪异，布满虫眼儿的狼人面具。

"太恶心了。"

"在我爸妈房间里找到的。"他说，"是你跟我说今年服装的要求是这样。"

"所以你是个穷困潦倒的狼人？"

"当然，也可以这么说。"他说，笑得很得意，"小妞们不是喜欢《少狼》里的家伙吗？"

我有点儿惊讶："你怎么知道《少狼》？"

"我妹妹她们说的，也许在撒谎。"

"你像 1987 版《十八岁之狼 2》里面的杰森·贝特曼。"

"你不过是嫉妒我的胸毛吧。"为了证明自己所言不虚，他解开了格子衬衫的第一枚扣子，"为了跟二十世纪八十年代划清界限，我至少保留了现代流行文化的痕迹。"

"别装了，好像你没看过那些电影似的！"

"那是因为我们家没有有线电视，而我爸正好有那些录像带。"加布说，"你扮的是谁？"

"我……是蝙蝠侠。"说着，我掀开我的披风。

"披风配牛仔裤，呵呵。"

"我是……偶尔穿戴整齐的蝙蝠侠。"

"模仿克里斯蒂安·贝尔的嗓音有待提高。"

"我模仿的是迈克尔·基顿。"我说。

"又一个年代久远的文化参照物。不用说，你的声音一点儿都不像迈克尔·基顿。你自己觉得很像，其实不然。"

我要多加练习，但我拒绝认输："好了，要来点儿啤酒吗？"

"当然。"

"需要人陪吗？或者我待在这里招呼别人，你拿了酒再来找我？"

"不用陪，我一会儿就回来。"

加布走后，贝利，我们一个老朋友，刚好进门。"你扮的是谁？"我问他。

"我是'爱探险的朵拉'。"

"哈！'爱探险的朵拉'！"看到粉红色的 T 恤还有橘黄色的短裤，我终于反应过来了。

"T 恤和短裤在沃尔玛买的，花了七美元，这顶假发是从我姑妈那里偷来的。"

"你应该刮一下腿毛。"

"想过，但我还没那么投入。"

"很好的亮相。"我说着，嘲讽地鼓了鼓掌。

他耸耸肩，笑了一下。我们耸肩耸得太过频繁了。"加布在哪里？"他问。

"拿啤酒去了。"

"他精神状态如何？"

"其实还不错。虽然我不喜欢……背后议论他，但他自己也会说。上周在餐厅遇到他的时候，他说自己开始看心理医生了。"

"哇！等等。"山姆的声音从我身后传来，"谁看心理医生了？"

"你弟弟。"我只能从实招来。

"哦，是的。我知道，这很好。"

"这种事我永远最后一个知道。"贝利不满地说。

加布微笑着走来，一路上招呼不断。他给了贝利一瓶酒。

"服务周到。"贝利冲我表示道。

"其实两瓶都是给我自己拿的。"加布说，"但是分你一瓶也可以。"

"那我呢？"山姆说。

"你不能喝酒，不是在训练期间吗？"加布咧嘴大笑。

"闭嘴！你们两个也是！"山姆吼了一句，重重地迈步走开了。

我们三个退到一旁，靠在厨房流理台上，跟往常一样互相调侃。贝利说加布的装扮太寒酸，加布则戴上面具展示着一切没那么糟糕。就在这个时候，莉亚走了进来。

我用手肘推了推加布："你的梦中女孩来了。"

"嗯？"

"莉亚，她来了。"

"什么？哪儿？"他拉起面具，靠过来想听得清楚一些。

"她刚去了地下室。"

"哦，不。我讨厌地下室，那里太吵了。"

"这是个派对，加布奶奶。"贝利在加布胸上拍了两下，"我们去找山姆。"

"拜托。聊个十分钟又不会伤筋动骨。"我在旁边补了一句。

加布做了个鬼脸，重新戴上面具。贝利整理了一下假发。我们一起下到地下室。这里的灯基本上都关掉了，只有角落里酒桶旁的那盏，以及房间中央挂的一盏迪斯科球还亮着。迪斯科球转得好像有点儿快，不过也许是因为我喝了四瓶啤酒的缘故。

"这里一点儿也不像你的地下室。"加布从面具底下瓮声瓮气地说。

"我也这么想。"我吼了回去。

我们在四周转了一圈。山姆正跟一个素不相识的女孩说话。看到我们，他做了个手势，让我们别去打扰他。地下室还真是出乎意料地拥挤。

最后，我在酒桶旁边的角落里找到了莉亚和她的两个朋友。加布若无其事地靠过去，开始给她们倒酒。我从没见过他对一个女孩这么热情。女孩们在说说笑笑，而我对加布这种上了战场却不敢摘掉面具的愚蠢行为十分生气。这一刻，莉亚根本不知道给她倒酒的绅士就是加布！我摇了摇头。

"这个笨蛋应该摘掉面具。"贝利在我耳边大声嚷嚷。

"真丢人。"我说。

女孩们谢完加布，然后走开了。加布则慢悠悠地走到我们面前，抬头，挺胸，仿佛在炫耀自己刚刚做了一件非常了不起的事。过了一会儿，几杯啤酒下肚，我比画着示意大家回到楼上。回到相对安静并且凉快许多的厨房里，我们靠着流理台，站在十五分钟前的相同位置，然后，加布掀起了他的面具。

"刚刚还不赖，对吧？"加布问。

"对，除了她不知道你是谁。"贝利说着拍了一下加布的后脑勺儿。

"哦，得了吧。"他想了片刻，"我要在这里等着。待会儿她上来用洗手间的时候，应该能认出我的衣服。"

"这个计划更烂。"我忍不住说。

接下来的几个小时里，我们轮流去拿啤酒。喝到最后，加布有点儿微醺。他跳坐在流理台上，晃着两条大长腿，醉醺醺地跟每个经过的人聊天。显然，很多人都十分想念他。而且，这个派对第一次让加布意识到这一点。他现在和一个室友聊得正欢，所以，我和贝利一起下去拿酒。

"很久没看见他这么开心了。"贝利说。

"嗯，我知道。这样很好，对吧？"

"绝对的。"

莉亚和她的一个朋友上楼了。我和贝利迅速直奔过去。没什么热闹好看，不过我们至少看到她跟加布挥手说再见，而加布坐在那儿冲她挥了挥手。从加布的笑容来看，她刚才的举动够他乐一整晚的了。

"你应该跟她说话。"我说。

加布摇了摇头："我不知道说什么。太傻了。我现在醉得不行，很有可能说些傻话。"

　　"有时候，说些傻话比什么都不说强。"

　　"那样会违背我的信仰体系。"他醉了。

十 一 月

/ 很久没看见他这么开心了 /

山姆（加布的哥哥）

"这是哪儿？"加布从地板上坐起来，喘息道。

"我的卧室。"我告诉他。

他看着我，揉了揉眼睛："老天！昨晚是怎么回事？"

"你都喝吐了，除了你喜欢的女孩，你跟地球上的每个人都聊个不停，告诉无数人杰森·贝特曼是最棒的'少狼'，然后，凌晨四点左右，你倒在我房间的地板上昏睡不起。"

他把手肘支在膝盖上。"我都不记得了。"

"这是自然。"

"我真的没跟莉亚说话？"

"没有。"

"要是不能让人鼓起勇气跟喜欢的女孩说话，喝酒喝到神经麻木到底有什么意义？"在他质疑的工夫，我起身，从小冰箱里拿出两瓶水。

"你腼腆地向她挥过手。"

他瞪了我一眼："凯西呢？"

"在洗澡。"

"哦，不是吧，我也想洗。"

"他应该不想以那种方式跟你共享他的私人时间。"

加布又瞪了我一眼："现在几点？"

"中午。"

"我怎么在地上睡了八个小时？"

"不知道，但你很爱那张豆袋椅。"

他盯着椅子，好像它是凭空出现的一样，然后又看着我说："好吧。"

他闭上了眼睛。

"你还好吗？"

"好，只是有点儿头晕，还很饿。"

"要去吃饭吗？"

"去。等我洗完澡，摘掉隐形眼镜。"

这时，凯西正好走进来。

"哥们儿，"他们擦肩而过的时候，凯西拍了拍加布的肩膀，"你昨晚白白浪费掉了，毫无疑问，那是你醉得最厉害的一次。"

加布摇了摇头："我应该醉得比那还厉害。"

我们三个把昨晚的酒味儿洗干净后，便直奔餐厅。莉亚和她的朋友也在，与我们只隔了三张桌子。目前，我只能认为这是偶然。

我冲加布挑了挑眉毛，我们落座的时候，凯西低声吹了个口哨。

加布嘘声道："拜托不要让我尴尬。"。

"不敢保证。"我边翻菜单边说。

♥ **玛克辛**（餐厅服务员）

星期六真是个婊子。每到旺季，餐厅里从早到晚都挤满了人。今天又是万圣节，来的都是昨晚喝高了的、玩疯了的。很多人两者兼具。

几星期前来过的男孩和女孩又来了。我偷听到了他们的名字：加布和莉亚。好名字，两个名字一起念更好听。

经理当然也在，所以我无法主动给他们安排座位。不过在给男孩们续杯的时候，我说，如果他们不想只是坐在这里干看着，最好过去跟女孩们坐一起，聊聊天。

加布惊恐地睁大了眼睛："不，不，这样挺好的。不了，谢谢。"

随便吧。有些人有自己的行动时间。加布显然就属于这类人。不过如果他拖得太久，相信我，我一定会亲自插手——以可爱的加布的名义，给莉亚端上一杯美味的鲜榨橙汁。

❤ 玛丽贝尔（莉亚的室友）

"哎，他们在干吗？"莉亚悄声问我。

我是唯一可以看见加布那桌的人——只有我坐在餐厅后墙的镜子对面。

"他们在结账……"我说。

"好了，丹尼，"比安卡眯起眼睛，"莉亚说，你认为加布不喜欢女生，但不喜欢女生的男孩会像他那样穿戴吗？"

"那些人身形不同，时尚品味也不同。"丹尼咧嘴一笑，"时尚品味还能怎么说？"

"时尚感？"我说。

"时尚的意识？"比安卡也说了一个。

"时尚的感觉。"莉亚说。

比安卡叹了口气："我知道他们穿着品味各不相同。但我只想让他和莉亚在一起。如果他俩没有可能的话，我这样支持他们显得很蠢。"

"真的没有可能。"莉亚说，"即使他喜欢女生，他也是喜欢创意写作课上的希拉里。"

"希拉里听着像个狐狸精。"丹尼慢条斯理地说。

"这样不好。"莉亚忍住笑，批评道。

比安卡和我毫无顾忌地乐得前仰后合。

"他们现在在干什么？"莉亚问。

"好像没结算，出了点儿岔子。"我说，"也许我该去帮帮他们。"

"你敢！"莉亚说。

我最喜欢逗她了。

"他的朋友很可爱。"比安卡说，故意忽略莉亚的反应。

"姐妹们。"莉亚急了。

"哦，莉亚，冷静。我不会过去的。但我昨天跟其中一个人说过话，名叫山姆？他是加布的哥哥。他可以告诉我们，加布到底喜不喜欢女生。"

"女孩们，你们得相信我，我是不会错的。"丹尼说。

比安卡歪着脑袋沉思道："既然你这么说……"

"哦，我很肯定。"丹尼会意地配合比安卡。此时此刻，我彻底爱上丹尼这个机灵鬼了，但这一次，丹尼说错了。但我跟他还远没那么熟，不好当面指出他的错误。

昨晚的派对上，加布注视莉亚的眼神绝对能说明他喜欢她。该怎么跟丹尼说而不会伤害他呢？

那群男生经过我们身旁，往外面走去。

"我应该跟他说话的。"莉亚托着下巴，眼睁睁地看着他们离开，"或者至少挥挥手。到目前为止，我只是上次在课堂上跟他说了声'谢谢'，当时他把我的作业传给了我。"

"起码你在他眼里很有礼貌。"我说。

"别担心。"丹尼插嘴道，"我们仍然会邀请你来参加婚礼。"

英嘉（创意写作课教授）

科尔和我每周都要见一次面，讨论一下教学进度和常规教务。我有必要提前跟他通气，以确保所有相关事务他都能搞定。他是位非常认真负责的同事，所以基本上没出现过什么问题。

起初，他以为这种会面跟作业和评分标准有关，是特别专业的深度谈话。后来，他发现，有时如此，但大多数时间，我会聊一些周末出游遭遇的新鲜事。我对班上的学生兴趣点评时，他还会鼓励我。

他知道我很喜欢加布和莉亚。

"受你的影响，我满脑子都是他俩的事。"他告诉我，"一两周前，他们前后脚来到我的办公室。我忘了他们还没正式约会，于是跟莉亚说，'不要让男朋友等太久。'"

我坐直身体，来了兴致："然后呢？"

"哦，他们都很窘，然后我笨拙地努力掩饰自己犯下的错误。要是连我都觉得尴尬的话，简直无法想象他们的感受。"

"哎呀！"

他点点头。

"我还是不敢相信希拉里居然缠着跟他搭档。"我感叹着摇了摇头。希拉里越来越让人讨厌了。我想说，我布置那些作业，一半是想让我心目中的情侣有机会互动。苦心白费，我还能做些什么？设法让他俩约会？比如通知他们来我的办公室，事先预定上一桌世上最浪漫的食物，然后自己想办法溜走？

"好，真是妙计。"

我摇摇头："真希望加布和莉亚能发现他们是天造地设的一对儿。大好的时光都被浪费掉了。这学期很快就要结束了。"

"我们可以建议他们上创意写作课第二部分。"科尔提了个建议。

我赞赏地看着他："我就知道你很讨人喜欢。我就知道选你做助教是有理由的。"

他笑了。

"科尔，你简直就是这方面的天才。谁能想到你对学生恋情还有这套？"

"我也没料到。"他说，"我是不是可以把它写进简历？"

"我保证，在给你写的每一封推荐信里都会提到这一点。"

"谢谢。"他说。

"现在，我们还需要解决一个问题。"

他看着我，等我继续这个严肃的话题。

"怎么才能把希拉里排除在第二部分课堂之外？"

❤ **鲍勃**（公交车司机）

看看这两个人。都是一个人上车，一个人下车，一个人行走。

我真希望他俩在一起。好好的年轻人不该总是这么一个人过。

我猜他们都有朋友。我看到的也许只是他们生活中的很小一部分。可是，如果他俩都往同一个方向行走，为什么不一起呢？倒不是说非得谈恋爱什么的，但起码做个朋友也不错啊。应该不会太难吧。

我承认，在某个程度上，他俩让我想起了我和我的妻子玛吉年轻的时候。我也说不清为什么会这样，不过那时候我也是个高个子，也许因为这一点。

真希望我是个媒人，或者知道怎么让他俩互相交谈。也许有一天，车里非常拥挤的时候，他们也恰好紧挨在一起，那我来个急刹车，她就会扑进他的怀里。

我这把年纪，居然感性起来了。我也许会带着妻子去波科诺过个感恩节。

❤ 松鼠

女孩回来了！

万岁！

我急忙跑到她坐的长凳那里。我为她精心收拾了一番，把尾巴弄蓬松。希望她认出我来，希望她有很多花生。

"你好啊，小家伙。"她说。

我蹦得近了一点儿。

"你是不是常听我说话的那只松鼠？"

我不知道你在说什么，但是毫无疑问，我超爱你！

我们可以成为好朋友。她可能会带我回家，任由我到处逛一逛，睡在她的床上。我听说过人类的床，听说很壮观。

"喜欢百吉饼吗？"她问我。

我站直身体，看着她的眼睛。百吉饼是什么东西？听上去像是某种坚果。

她朝我撒了些碎屑。

不是坚果，有点儿像面包。

失望——不过只持续了一分钟，因为它很美味。

她又撒了些碎屑。

"我在等朋友。"她说，"你有朋友吗？有家人吗？你这只小松鼠的生活是什么样的？"

她朝我撒了更多的碎屑，然后拍了拍手。

"他来了！下次见啦。"她对我说。

多么美好的人类啊。

♥ **丹尼**（莉亚的朋友）

"喂，阿扎莉·方！"

"嘿，丹尼！"她说，从长凳上跳起来，"除了我妈以外，你是我唯一能忍受叫我阿扎莉的人。但是最近我跟我妈很少联系，所以她可以忽略不计。"

我皱起眉头。

"废话少说。你怎么样？"她问我。

"首先，你刚刚是在跟松鼠说话？"

她转过头去看了看："它是我的朋友。"

"好，好。"我点点头。

"我喜欢松鼠。"她耸了耸肩。

"接下来，我要批评一下天气。"

"请开始。"她一脸严肃。

"今天外面太冷了！上周二不还是夏天吗？"

"虽然你说得很夸张，但上周二室外的确有 24 摄氏度，今天还不到 4 摄氏度。所以，这样算来，上周二可以算是夏天了。"

"谢谢你，最爱咬文嚼字的朋友。"

"今天怎么安排？"

"好吧，考虑到我跟你在一起的时候就会非常幸运地偶遇加布，我想今天也许是再次跟踪他的好时机。"

"真开心。"她在岔路口停住脚步，"但是你要知道，并不是我让他出现他就会出现的。"

"当然。我要去查看一下我的邮箱。我们从那里开始怎么样？"

"听起来不错，伙计。"她说。一路上，她非常安静。

"想什么呢？"我问。

她叹了口气："我只是在嫉妒和加布搭档的那个女生，我想和他一组。"

"我懂。在她面前，他什么表现？"

"就是加布。"她耸了耸肩，"安静、和善、面带微笑。"

"确实很'加布'。"说着，我们恰好走到邮局，"坏了，念到名字，人就出现了。"

她笑了。加布从邮箱里取出几封信。大概是察觉到了我们的目光，他朝这边看了一眼，还挥了挥手。

"我应该跟他做朋友，至少跟他在课上说说话。他很可爱，也很安静，我喜欢他的……一举一动，都特别有礼貌。"

"他那么可爱。"我咕哝道。

"绝对的。"她十分赞同，"对他用'梦想中的类型'会不会不合适？"

"绝对不会。"

加布朝着另外一个地方离开了。莉亚和我回到公交车站。

"我们可以多跟踪他一会儿。"她说。

"不，这样就好。有时候，我需要回味一下。"

我知道她听懂了，只是她看着很伤心。

我承认，可能我对加布的判断有一丝偏差，但说真的，很少有男孩会称赞另一个男孩的牛仔裤。

英嘉（创意写作课教授）

每当课上我让学生当堂大声朗读他们的故事或者作文时，一方面有些过意不去，一方面又觉得这是一个好习惯。大声朗读自己的作文可以看清所有的细微差别。我们写作与说话的方式千差万别，唯一的解决办法就是聆听。聆听的最好方式就是听自己逐字逐句大声朗读。

我建议他们首先对着静止的物体大声朗读，然后在朋友或者妈妈面前朗读，最后在课堂上朗读。基本上每节课都有人出来和大家分享自己的作品，有时一节课会有好几个人。每个人都是，加布除外。

加布跟我和科尔都说过，当众发言他会十分紧张。跟我一起修改他童年记忆的作文时，他觉得跟别人分享自己的文章非常不好意思，一直努力控制着自己不往桌子底下藏。

当时，他拿着希拉里评改过的作文来找我，表示自己想退课。希拉里说他不是个有趣的作者。我则告诉他，我觉得他很有写作天赋，只是风格很特别，不是每个人都懂得欣赏而已。我为自己感到骄傲，因为我说的话都是蔑视希拉里以及她所有观点的。

上课前，我走到加布的桌子前，朝他微笑。

"听着，如果你真的不想读，我来帮你。"虽然我不应该这样，但我还是出手了。下周就是感恩节了，这学期过去了一大半，他连一个字都没有朗读过。

"不，不用。"他扒紧桌沿儿，"我会读的，像个男人一样。"

"你的故事写得很好，比喻用得恰到好处。"

"要是我呕吐的话，请不要大惊小怪，好吗？"

"如果你不曾在发言陈述方面身经百战，变得对这种事麻木不仁，你到底是怎么坚持到现在的？"

"说实话吗？我试过很多次，但是没有一点进展，反而变得越来越糟糕。"

我露出同情的表情，然后示意全班安静。

"加布要分享他几周前写的作文，关于童年记忆的，请大家注意听。"

我在第一排找了个位置坐下，然后听到维克托在我后面嘀咕了一句："关于噩梦时光。"

加布站到讲台前面，竭力缩成一团，但这反而让他显得更高了。他把手指关节捏得啪啪响，面带微笑。作文纸在他手中抖了起来。他打起精神，开始朗读：

网上有张图片，一辆自行车长进了一棵树里面。这张图片的故事是一个男孩把自行车停靠在小树身上，后来他参军上战场，彻底忘掉了那辆自行车。其实真实的故事不是这样的。如果没看过这张图片，你真应该回家上网搜索一下。很有意思。

这张图片让我想起了六岁那年，我和妈妈一起去食品店的情景。我为什么记得这件事情？一方面是因为妈妈很少带我出门，她一般会带我哥哥或者某个妹妹。当时我是因病没上学，还是爸爸在照看其他兄弟姐妹，我不记得了，反正那天很特别，因为出门的只有我和妈妈。

有个老人先是跟妈妈聊了会儿天，后来又转身问我叫什么名字。我很害怕陌生人，所以我藏在了妈妈身后。也许是由于上幼儿园的时候看了太多陌生人是坏蛋的影像，再加上天生害羞的性格，对我来说，跟陌生人说话几乎是不可能的事。

那个老人的样子很吓人，至少对六岁的我来说很吓人。他的皮肤松弛，笑容诡异，稀疏的头发又长又凌乱，衣服扣子也扣错了。

在回家的车上，妈妈问我为什么那么害怕，并且安慰我没有必要害怕。她认识那个老人，她像我这么大的时候，老人曾经是她的邻居。我用六岁小孩有限的词汇量竭力描述他那可怕的皮肤、头发、邋遢的样子。

于是，妈妈说："加布，没关系的。长大后你就不怕了。等你长大，你就不会再害怕，不会再害羞了。"

我记得，那一天，我担心自己会一辈子活在害怕里，我不懂怎么才能不害怕。大了一点儿后，我仍不断地回想起那一天。直到最近，我才意识到妈妈说得对，但是解决办法不是她想的那样。

在成长的路上，我的确不再那么害怕、恐慌了，但是我依然没有办法摆脱害羞的天性。每当想到这个，我都会意识到自己可能这辈子都无法摆脱掉它，就像那棵树和那辆自行车一样，我依附着它生长，而它已经成了我身体的一部分。

朗读结束后，他迅速扫了一眼教室，然后一个箭步坐回座位上。我差点儿站起来给他喝彩。我看了一眼莉亚，她正捂着嘴巴偷笑。她眼里仿佛冒出了心形的爱意，她变成了坠入爱河的女孩。他们绝对会在一起。

♥ 山姆（加布的哥哥）

我站在英语教学楼外等加布。终于可以一起回家过感恩节了。我原本恳请他逃掉这节课，好赶在交通高峰期前回家，但是他坚持要见莉亚。

她比他先出来，我冲她笑了笑。

"你好。"她的语气听着更像是询问，而不是打招呼。

"你好。"我笑着回道。

加布正好从她身后走出来，听见我们寒暄，他的表情很慌张。

"哎！"我招呼着，扭头看到莉亚已经走远。

"你跟她说话了？"

"她说'你好'，我说'你好'。我们还没变成好朋友。"

他长舒了一口气，跟着我往停车场走去。

"要在你宿舍楼前停一下吗？"

"要。抱歉，我真不喜欢把一堆破烂带进教室。"

"可以理解。但路上堵车的时候，不管堵多久，你都得听我放音乐，而且不准抱怨。"

他翻了个白眼，坐进车里。

"我们应该顺道载着莉亚一起回你们那幢楼。"

"那样的话，我无法想象那段车程会多么痛苦。我不知道说什么，而她……"他闭上眼睛，仿佛那一幕非常可怕。

"怎么了？出什么事了？"我发动车子，询问道。

他摇摇头："今天，我在课上朗读作文，是关于我有多害羞的。她现在肯定认为我是个失败者。"

"不对，女孩子喜欢那样的废话。"

"真的？你这么认为？"

"是的。她们喜欢一切感性的、忧郁的东西。"

"没有哪个女性会欣赏你这样给她们归类，也许除了希拉里。那女孩就是个展示'一切都是世界的错'的可笑讽刺漫画。"

"我很惊讶，加布。"

"惊讶什么？"

"我居然不知道你是个女权主义者，也不知道你居然会用'讽刺漫画'这种词。"

他朝我的手臂捶了一拳。

"嘿，拳头远离司机。"我开玩笑地大笑。

他的脸色瞬间苍白。

"加布，只是个玩笑，不要太当真。"

"我知道，我知道。"他啃着大拇指，望向窗外，看着一闪而过的建筑。我暗骂自己居然说了跟开车有关的玩笑话。"只是……开车小心点儿。"

十 二 月

我对他这么痴迷简直太蠢了

夏洛特 （咖啡师）

跟往常一样，下午这个时候，咖啡厅里又是人满为患。排队的人出奇地少，于是我让别人先去休息。希望轮到我休息时，我可以在一片混乱中潇洒地抽身离去，就像梅尔·吉布森从身后的爆炸中离开一样。

也许我可以挑一个比梅尔·吉布森更酷的人来模仿。

我得好好想想。

基斯和塔比莎不在，又一个可怕的变化。莉亚在这儿，如果塔比莎在，她现在应该特别高兴，因为这意味着，加布随后就到。简直准得跟时钟一样，加布来了。他瞄了一眼莉亚，然后排起了队。

不知道为什么，最近我对加布的态度比较中立。也许是因为我热切地期待圣诞节，又或者是我终于疯了。我今天负责倒饮料，所以应该没有机会跟加布对话。他平时都是喝咖啡的。我有点儿失望，因为我想试探试探他，看他近来是不是正常些了。

非常意外地，他点了一杯薄荷热巧克力。我正要做饮料的时候，发现杯子上潦草地写着"加布"两个字，吃惊得差点儿没拿稳杯子。他走到柜台尽头等饮料，避开人群，很悠闲地靠在那里。

"你好。"我冲他说。

他对我点点头，露出一丝微笑，嘴唇紧闭。

"薄荷热巧克力？"我问。

他盯着我的嘴唇。从来没有人这么专心地盯着我的嘴唇看，连高中二年级时跟踪我的那个男生都没有。

"这个很好喝。我会给你多加一点儿薄荷,味道更好。"我狡猾地说。他还在盯着我的嘴唇,但是眉头紧锁,越发疑惑。可能是咖啡机太响,他听不清我说话。

"期末了,你感觉怎样?"我换了一个新招数。

他耸了耸肩。

"是的,我能理解。"这和我预期的效果相差甚远,而且我感到他和莉亚在一起的希望也越来越渺茫。该死的塔比莎,她把我洗脑了。

"搅拌吗?"我问。

他的眉头皱得更紧了,眯起了眼,接着,他好像是放弃了似的。

"对不起,你说什么?"最后,他看着我开口问道。

"你要搅拌奶油吗?"我问,举起瓶子。

"哦,要。"他顿了一下,舔了舔嘴唇,"有时候,我听力有点儿困难。"

"没关系,这里很吵。"

他笑着点点头,接过饮料。"谢谢。"他说。

现在,排队的人更少了,甚至没有人排在饮料这边,所以我大可以看着加布走向大厅。大厅里几乎没有空桌子。莉亚身旁有个双人座,我以为加布会坐在那里。可他停下脚步,甚至打量了一会儿。他的想法全写在了脸上,他好像在计算着一道能让他坐到那个位置去的数学题。最后,他换了个思路,在离她较远的位置坐了下来。但他坐下的时候,她恰好抬头看了他一眼。

他们互相远远地招了招手。

她看了一眼他没选的那个位置。我真想知道他俩是怎么想的。跟我们平时蠢兮兮的八卦不同,他们看着对方又不敢大方承认的行为反而有点儿让人伤感。明天我一定会重新讨厌他俩,但是现在,我要让自己在忧伤里泡一会儿。

不过接下来,我做了两杯咸焦糖拿铁和一杯白巧克力摩卡,休息了片刻后,门铃又响了。我的清闲时光,他俩的暧昧时刻,都再见吧。

♥ 弗兰克（中餐厅送餐员）

又来到新生宿舍楼送餐。说真的,这两个人真应该一起订餐。一天连着两次跑来这里,我很累。两个月以来,这种事已经重复上演了三遍。

"你好。"女孩过来取餐的时候,我向她打了个招呼。

"你好。"她回应着,付了外卖钱。

"和你男朋友吵架了?"

"谁?"她问,打量了我一眼。

"就是住楼上的那个男生。"

"加布?他不是我男朋友。"她说得很快,但是依我这么长时间对他俩的了解,她的快速否认反而欲盖弥彰。

"一小时前,他点了跟上次一模一样的东西。你们真的可以一起订餐。"

"但我们没有在一起。"她坚持分辩道。

"我不是那个意思。"

"我听糊涂了。"

"我不是知心姐姐艾比,但是你们两人之间有……某种古怪,我看得出来，我有第三只眼。"

她的表情隐隐有些厌恶。

"你知道的，就是能看得见那些……你们两人之间有些东西，我不知道是什么。我可能疯了，但如果你能邀请他一起订餐，他肯定会很乐意。"

"我……"她停顿了一下，然后摇摇头，"谢谢了。"

她离开了，我觉得自己像个超级大傻子。我必须说点儿什么，否则奶奶会大发雷霆，因为是她教会了我第三只眼。

♥ 希拉里（创意写作课同学）

今天是这学期的最后一堂创意写作课。真不敢相信，这学期都快结束了，加布居然还没有约我出去。怎么回事？我敢肯定他超级喜欢我。

英嘉让我们安静，发下一大堆她攒了很久的作业。她让两个同学做这学期最后的朗读。他们读完后，她拍了拍手。

"好了，同学们，这学期要结束了。我要提醒一下，你们必须在一个星期内提交期末论文。我只收纸稿，不要在记不清截止日期的时候，随便给我发封电子邮件交作业。下个星期二上午十点到十二点，我会在办公室等你们的论文。当然，在这期间，你们也可以把论文投进英文系我的信箱里。"

维克托呻吟了一声。我得承认，我非常佩服维克托。他总是想到什么说什么。

"有问题吗，维克托？"

"太浪费树木了。"他说。

英嘉注视着他说："期末论文，我喜欢收纸质文件。"

"我不是那个意思……"他停住嘴，翻了个白眼，"随便吧。"

英嘉又注视了他几秒钟。我希望维克托继续。我喜欢看热闹。

"不管怎么说，这次是长论文。以前，每次收到你们的电子邮件，我都要打印出来看。可能在你们看来，我十分落伍，但是只有在纸上而不是屏幕里，才能看到你们作文里的某些东西。而且在纸上我比较好打分，分数会高一些。"

维克托的脸上糊上了一层超假的假笑。

"还有问题吗？"英嘉问。

一片安静。

我注意到加布很不安，他的脚一直在踢维克托的椅背。我几乎能看到维克托的耳朵里冒出了怒气。英嘉肯定没有注意到。

"那好，下课。时间有点儿早，如果你有任何疑问的话，我会留在这里答疑；如果没有，建议你利用剩下的时间想想怎么写期末论文。"

英嘉话音刚落，维克托就转过身来，先是盯着莉亚，然后盯着加布。

"听着，要是你们两个这么喜欢对方，早点儿黏在一起，不要再影响别人了！"

我情不自禁地倒抽了一口冷气，差点儿爆笑——拜托，维克托怎么会认为加布和莉亚之间有化学反应？那两人对视了一眼，然后加布几乎是用跑的方式夺门而去，莉亚则在慢条斯理地收拾东西。维克托继续怒气冲天地发着牢骚。

我猜，加布不会约我出去了。

♥ *维克托*（创意写作课同学）

消夜绝对是一年中我最喜欢的时候。不知道为什么，所有的消夜都比早餐好吃，简直美味。我打算整个通宵使劲吃吐司、煎蛋，还有油煎薯饼。

兴奋过头的我都没注意，排在前面的是我最讨厌的人。"长颈鹿"正在买超大份的三角薯饼。

买完她转身走向饮料区，"大脚"恰好经过，跟她撞上了。

当然了。

她堆满食物的盘子和他没什么东西的盘子全都摔到了地上，玻璃和食物撒了一地。

我为那些薯饼哭泣。

我闪到一旁。

他俩弄的那一摊正好挡住我的去路，说真的，我现在不想掺和他们的事。希望负责人赶紧出现，然后让他俩赶紧走。先前说他们的那番话，我其实一点儿都不后悔，但这并不意味着我想迎接"大脚"的挑战——为了维护他的女人的名誉。他绝对做得出来。

我退后，藏在墙壁和苏打水饮料机之间，听着这两人不断地跟对方道歉。

"对不起。"她说。

"不，不，该我说'对不起'。"他说。

我为什么要在这里听这个？大概是因果报应，可我甚至都不知道因从何来。我是个好人，只是有时候没什么耐心而已，谁不是这样？

"你跪进糖浆里了。""长颈鹿"的声音很奇怪，带着气音，像是在朗读绣在枕头等东西上的优美的诗句。

显然，"大脚"没有回应，因为她又说了一遍："你的膝盖。"

"哦，不要紧。"他小声地说。

这两个人有完没完？我想找条逃生路线，但是根本没有。我可以绕过现场，但他俩把整条道儿都堵上了。其他人大概都在尽量避开这片混乱，所以我连个引路人都没有。

"我只是想提醒你，别跪到玻璃碴子。"她用那"刺绣"一样的声音说。

"我没有。"我开始有点儿欣赏"大脚"了，他的回答全都简明扼要。我瞄了他们一眼，发现他正用忧郁的眼神看着她，我要收回刚才的想法。我到底能不能离开这里？我又瞄了一眼。

"这边有些小碎片。"他说。

"嗯，但我觉得你都捡干净了。"

"你还好吗？"

"嗯，还好。你呢？"

"没事，除了牛仔裤……"他带着愚蠢的微笑说。

餐厅负责人终于来了，这两人终于可以让开道了。可他俩站在那里，大有聊会儿天的架势。好极了！

他们先是跟负责人不停地道歉，对方摆手示意他们可以离开了，还夸他们做得很好。人们能不能别再对他俩这么友好？

接下来，我见过的最白痴的一幕出现了。"长颈鹿"转向"大脚"，忽闪着睫毛，心仪地看着他说："我叫莉亚。一百年前我们就该互相自我介绍的。"

我真想一头撞墙。他们为什么还不走?!

"加布。"

我摇摇头,翻了个白眼。真希望自己得个脑震荡什么的,把这一切都忘掉。

"课堂上,有好几次我都想跟你说话,但总感觉很怪,好像我们早就认识,或者说应该早就认识了。我拖得越久,感觉就越奇怪。后来发现,我们住同一幢楼,而你好像不太想搭理我,所以,我不想打扰你。算了,我还是不要说话了。"

我盯着天花板,祈求它冲着我砸下来。

"我,呃……也不想打扰你。"

"嗯,既然我们都这样说了,也许我们应该开始互相打扰。"

我拿起托盘里的叉子,刺向双眼。惨不忍睹!

"我要走了。"

谢天谢地!

"好的,好的。"她说。

"你要走吗? 我们可以,呃,一起走。"

快走!

"哦,不了。玛丽贝尔,我的室友,就在那边,我们要在这里学一会儿。我得再去买个大份的薯饼。"

"好的。"

"不过,我们下次再见?"

"好的,当然可以。"

我终于可以离开了,感觉像是被释放出狱一样。"出狱"后,我要亲吻大地。

"加布？"

不！

"什么？"

"我真的很喜欢你的文章。关于害羞的，对吧？我是说，你所有的文章我都很喜欢，但那篇实在很棒。"

他什么都没说。

"我去网上搜了那棵树，真有意思！"

他的笑声很古怪，像是被谁扼住了喉咙一样。也许我可以帮他脱离苦海，真的。

"不管怎么说，祝你假期愉快。"她说。

"嗯，你也是。"

终于结束了！我回到朋友身边，他们好像都没注意到我去了这么久。而且，我的煎蛋自然也凉了。

♥ **玛丽贝尔** （莉亚的室友）

"喂，你去哪儿了？"莉亚回来的时候我问她，"我还以为被你抛弃了，正准备扛着我们两个的东西溜出去呢。你的破烂可真多。"我扫了一眼桌上。她有一叠笔记本、索引卡片、荧光笔。她肯定有严重的文具情结。

她摇摇头，没绷住，笑了出来："刚刚发生了一件超级不可思议的事。"

"真的？什么事情？他们在卖思慕雪？"我歪着身子看向她身后的食品区，"我听说这里准备开卖思慕雪。你不是去拿大份煎土豆薯饼的吗？"

"玛丽贝尔，"莉亚的语气非常严肃，"加布刚才在这儿。"

"哦！有趣！"我说。这种事只是有点儿意思而已。肯定又是老一套：他看着窗外，她则爱慕地注视着他。最近关于加布的故事大都是这种，我都忍不住想建议莉亚换个爱慕对象。

"我们说话了。"她说，眼睛睁得大大的。

出人意料。"怎么回事？快讲，别漏掉任何细节。"

"好的。"她酝酿了一下，双手交握，放在桌上，凑近我，"是这样，我排完队，又买了些三角薯饼，正想着薯饼的美味呢，所以也没留意身边的情况，比如前面有没有人之类的。"

"这很不像你。你一向遵守行人交通规则，即使是在室内。"

"对吧？"她说，"所以，当加布从另外一边冒出来的时候，我们撞上了。托盘被撞翻，东西撒了一地，地板上一团乱。"

"哦，不！"我嘴上这么说，内心其实松了一口气——幸好我不用处理那摊事。有时候，我其实堪称损友。

"他立刻蹲下去清理，捡拾杯盘碎片。我拿了个垃圾箱放到他面前，又拿了些餐巾纸去清理地上的饮料。当我蹲到他旁边的时候，他说了声对不起。然后我们两人就不断地相互道歉。我告诉他，他的膝盖沾到了糖浆，一开始他没听见，后来他说不要紧。"

我连连点头，感觉故事即将进入高潮。

"然后负责人来收拾了残局。加布把我扶了起来。"

"真是体贴。"我发自内心地说。我笑了，猜测着这大概就是故事的结尾了。

"然后！"她瞪圆了眼睛。

"哇！哇！哇！还有'然后'？"

"是的！不止'然后'！"她解释道，"加布站在那里擦手，我呆站在那里，然后我决定自我介绍，因为我从没跟他介绍过自己。然后他说他叫加布。然后我就开始胡言乱语，说我之前很想跟他说话，但不想打扰他等等。然后，正当我尴尬得要死的时候，他说他以前也是因为不想打扰我才……"

她停顿了一下，情不自禁地笑了起来，我则再次以为故事到这里就结束了。鉴于他俩之前从没说过话，故事到目前为止已经很美好了。

"然后，他问我要不要跟他一起回宿舍楼！"

"你为什么拒绝？"

"因为你在这里，我不想丢下你。"

"我该死！我干吗也在！还有你这个称职的好朋友，干吗没有抛弃我？！"

"没关系，玛丽。也许我和他一路会很尴尬。"

"也许不会。"我说。

"然后我告诉他我喜欢他的作文，还有我上网搜了那张照片，他看上去很尴尬。总之，我想给他个拥抱。"

"我喜欢这个'总之'。"我笑着说。

"他非常害羞。我知道他很害羞，但只有我们两个人，还离得那么近的时候，好像他不只是害羞，还会紧张，会害怕。当我说我得留下来的时候，他似乎松了一口气。"

"通过你的描述，我能感觉出来。"

"然后如果真的一起回去的话，我肯定会开启尴尬沉默模式，或者更糟糕——为了不冷场而胡言乱语，那段同行肯定会糟糕透顶。"

我同情地看着她，她的确经常这样。

"天哪。我真的好喜欢他。我该怎么办？"她说着，戏剧性地往下滑了一下，瘫在椅子上。

"是时候行动了？"我攥着拳头捶了一下桌子。

她坐直身体。"我觉得是。但是丹尼说加布不喜欢女生，我无力回天。"

"那个问题，我们需要确认一下。整幅拼图还没拼完整，缺的就是那一块，我们把它找出来，好吗？"

"你对我太好了。你为什么对我这么好？"

"因为……"我耸了耸肩，大家是朋友嘛，"对了，我们还要把比安卡拉进来，她对这些事情非常拿手。她跟 CSI 特工一样，能收集神秘男孩的生活碎片并拼出完整的'拼图'。"

"我对他这么痴迷简直太蠢了。他在班上读那篇作文之前，我本来还好好的呢。"

"莉亚，冷静。我们要开始行动，你一定要得到幸福。"

"你知道的，我喜欢的人，挺普通的，这没什么不好，但万一他是个浑蛋呢？我知道加布不是。"

"不，他绝对不是浑蛋。"

"呃……你知道谁才是浑蛋吗？"

"谁？"

她用下巴点了点几桌之外的某处。

"那是谁？"

"创意课的维克托。"

"就是那天挤对你俩的那人？"

"是的。"

"他该死。"

"他的确该死。"

♥ 凯西（加布的朋友）

加布的 21 岁生日正好卡在期末。感觉有点儿对不住他，因为我不可能在考试的时候跑出去，全心全意地陪他过生日。不过在大家都有空的下午，我们去酒吧要了些便宜的比萨和啤酒。

"生日快乐！"我举起马克杯跟他碰杯。

"谢谢。"他呷了一口酒，"可惜山姆不能来。"

"是很可惜，但是他保证他会弥补你的。"

"受宠若惊。"

我大笑："你期末考试什么时候结束？"

"已经考了两科随堂测试，今天早上考了一科，星期一还有统计学考试，星期四还要交创意写作课论文。"

"写完了吗？"

"还没开始写。"他咬了一口比萨，说，"我想先把别的都处理完再说，有些科目我不是很有把握。论文我不担心，统计学我很担心。"

"周末有空吗，要不要我帮你？"

"好啊，那太棒了。"他说，"我现在脑子跟团糨糊一样。"

我点点头。

"我，呃，昨晚跟莉亚说话了。"他说。

"你现在才告诉我！"

"我们聊了差不多十分钟。"

"够了，对你们来说够久了。"

"她人……真的很好。"

"本来就是。"

"当时我们都去吃消夜。"他说。

"为什么没喊我一起？"

"我不知道你想去。"

"你应该发短信问我。"

"好，下次我会记得给你发短信。"

"很好，很高兴你又有长进了。"

"我们撞上了。主要的错在我，我的手肘完全使不上力。"

我同情地点点头："该死的手肘。"

"它真是把我这辈子都毁了。"他翻了个白眼说，"但至少它让我有了跟莉亚说话的机会。"

"对，起码还剩半杯水。"

"不管怎么说，我们清理完现场后，她实在太……可爱了。她开始自我介绍，就像我们不认识一样，但是一点儿也不做作。"

我笑了："是你喜欢的那类小妞。"

"严肃点儿。然后她说了些不想打扰我之类的话，我不得不抑制着呐喊的冲动——她永远不会打扰我。但我嘴里说的却是我也不想打扰她。然后我们就那样安静地站了一分钟。"他摇摇头，满脸通红，"我跟她提议一起回宿舍楼，但她朋友也在，所以没能成行。"

他盯着桌子。

"很好的互动。"

"的确。她说她喜欢我课上朗读的那篇作文。"

"非常好的互动。"

"你觉不觉得有点儿过火，我提出送她回宿舍楼的事？"

"一点儿也不。反正你们住同一幢楼。你这样非常贴心，我觉得那是绅士风度。"

"好吧。"他停顿了一下，挠挠头，"听她讲话我很吃力。"

我点点头，但是什么也没说，既然说到了这件事和手肘问题，他也许会聊些根源问题。他就像一只鹿，我想轻举妄动，却怕把他的想法吓跑。

"好像，我十分紧张。不知道眼睛该看哪里。耳朵说'看她的嘴'，眼睛却在说'随便看什么地方，就是不要看嘴巴？这么多年来，我一直习惯了跟别人说话不看对方，习惯很难改正。"

哦，天哪，他看上去如此伤心。这一点，我不知道该怎么帮他。他一般不这样说话的。我有点儿不知所措，不知道该说什么。我是世界上最烂的朋友。

要不开个玩笑？

"鼻子呢？你的鼻子有没有说什么？还有你的脚指甲呢，加布？"

"闭嘴，别这么白痴。"但至少他笑了。至少他不介意我取笑他。

"我猜，你左边那颗坚果也有意见。"

他大笑："我知道它没胆量。"

"不是没胆量。"我说，并耸了耸肩，"只是有点儿多虑。你只需往好的方面去想就够了，不要一直纠结已经发生的事。"

"嗯，你说得很对。"

"我一直都对。"

"她看上去……真的很漂亮，近看更漂亮。"

"我必须提醒你，你已经近距离看过她很多次了。"

"是的，但这次不一样。"他微笑起来，随即做了个懊恼的表情，他用手指捏住鼻梁，"我的文章写得很烂，是关于我害羞的，现在我觉得它蠢极了，因为她记住了那篇文章。她肯定会觉得我很逊。"

"我反而觉得，这对你很有利。"

"山姆也这么说。"他抬头看着我，仿佛松了一口气，"你是怎么想的？"

"因为这意味着她已经知道你是个害羞的人，如果是她主动提起的，很明显，她不认为你写得很烂。"

"哈！我从没往这方面想。"他恍然大悟，"再来一块比萨？"

"当然。"

当他回来的时候，我忍不住跟他说："我刚刚那样开你玩笑只是因为你很棒，懂吧？"

"嗯，随便。"

我字斟句酌地说："不，我是认真的，加布。如果你认为我那样说是瞧不起你，我道歉。我只是不想让你看轻自己。"

"我知道，我自己也在努力。"

"很好。"

他点点头，深吸一口气："你能帮我解决莉亚的事吗？我完全不知道自己在干吗。"

"当然可以。"我说，"我会在统计学和泡妞方面都给你指点。"

"你这个流氓。"他说，"当我什么也没说，我去找贝利帮忙。"

"不要！"

"山姆。"

"我泡到的妞比贝利和山姆两个人加起来的都多！"

他半信半疑，随后，我们换了别的话题。

♥ 松鼠

这味道闻着像雪。我记不起自己把所有的橡子藏到哪里了。

那对男孩、女孩正相向而行，但好像都没有看到对方。希望他们发现彼此后能笑一下。

他们会笑的。

希望他们知道我的橡子去哪里了。

他们走到一幢大楼前停下来，大概互相看了一分钟，就那样站在寒冷的天气里。

"你好，加布！"

"你好，莉亚！"

接下来，我想起，上次见到他俩的时候，我把橡子藏在了一个大灌木丛里。但是上次我看到这对儿的时候，他们都没说过一句话。现在，他们大概已经是朋友了。

橡子是我的朋友！

♥ 英嘉（创意写作课教授）

批阅学生作文时，我直觉地抬头望向窗外。加布和莉亚站在外面，两人红着脸，面带微笑。真不敢相信，他们居然同时出现在这里。我有点儿眩晕，其实我应该羞愧才对，人们一般不会为了别人的感情像我这么投入。

他们穿过门厅，朝我的办公室走来。在漫长的等待中，我一再告诉自己要冷静。然后，我看见他为她拉开了门。

"嘿，你们好啊。"他们一进来我就招呼道。

"你好。"莉亚说。

加布挥了挥手。

"我们，呃，我是说，我来交论文。我不知道加布来干什么。"莉亚说着，脸更红了。

"我也是来交论文的。"他插了一句。

"你们不是一起来的？"我的心收了一下。

"不，不是。我们正好在外面碰到而已。"莉亚解释道。但是她的眼睛一直盯着加布，盯着他从背包里拿出文件夹。

"外面已经下雪了？"我想让他们多待一会儿。

"没有。"莉亚摇了摇头，"但气味很像。"

"像什么？"加布看着莉亚，问道。

"像是要下雪。"她告诉他。

"我不知道会下雪。"

"据说会起风。"她解释道。

"已经够冷了。"加布说。

我感觉自己侵犯了他们的交谈。虽然他们聊的都是些很平常的对话，虽然他们手里还拿着珍贵的期末论文，但我不想打断他们。我只知道，就在这个时刻，我也许会见证他们开启第一次约会。我在他俩之间看来看去，好像看温布尔登网球赛一样。

"嗯……你的期末考试结束了吗？"莉亚问。我的小心脏啊！她也许会当着我的面直接约他出去。我从没如此幸运——参与到他人感情世界中这么私密性的一刻。冷静，英嘉，不要动，不要吓到他们。

他摘掉帽子，露出被压倒的一圈头发。"我，呃，考完了。"

"你今天晚上有空吗？我跟朋友要出去玩。"

他的肩膀一塌，眉头紧皱。"上周是我的生日。"他说，"我答应过妈妈今晚回家吃饭，因为上周我没在家陪他们，所以……她烤了个蛋糕，还准备了别的。我，呃，就……"他顿了一下，我希望莉亚能真正了解他有多么遗憾，他不是在编造借口。

"祝你上周生日快乐！"她笑着说。

"谢谢！"他微笑着回应道，接着，他仿佛从恍惚中清醒了过来，"我们应该交论文了。"

"哦，对。"莉亚说，但是她的眼神又在他身上停留了一会儿。

我告诉他们："不着急。你们是今天上午第一批来交论文的。"

他俩都笑了。交给我论文的时候，两人都在不时地瞄对方。

"我希望你们下学期都来修第二部分。你们写得都非常不错。第二部分会让你们学到很多东西。跟第一部分相比，第二部分的课程会设计更多研讨环节，会有更多的互评及讨论。"

现在轮到加布脸红了。"谢谢！"他说，但并没有看我。

"谢谢，我已经报名了。"莉亚说。

"你报了？"加布扭头问她。

"是的。"

"我也要报名。"他告诉我。

"很好，那么，明年一月份再见啦。"

随后，他们就离开了，但他俩在门口停留了片刻，所以，我听到了他们的谈话。

"今晚我不能出去，真的非常抱歉。"他的声音软得跟绵羊一样，我完全想象得出他的表情。

"没关系。"

他清了清嗓子："不然，呃，不然再约个时间吧。"

她笑了："当然可以，这学期虽然结束了，但还有下学期呀。"

"是的。也许下次我们可以再在凯西的派对上见。好像还……不错。"他声音太小了，几乎听不见。诅咒那扇没有窗户的门。我不该这样说——有一扇能看到草坪的窗户我已经很幸运了。

他们的声音渐渐消失在了门厅里。

我有种感觉，他俩在一起的概率非常大。那只是会比我期望的时间久一些，但终究会来到的。

玛丽贝尔（莉亚的室友）

"我今夜要一醉方休。"走进酒吧，比安卡信誓旦旦地说。

"相信我，你已经醉了。"我说。

"这样好吗？"莉亚第一万零一次地问道。

"是的，当然。我问过了。这家酒吧从来没有拒绝过假身份证。街尾有些大一点儿的酒吧会比较严厉，但只要你有靠谱的假证，就不用担心，那些人也只不过想卖酒而已。"

"要吐了。"我们刚要进门，莉亚忽然说。

"看着也像。"我说。

她很紧张地搓着两只戴着手套的手。

"拜托。我到底要说多少遍？我来过，也试验过，没有任何问题。只是不要表现得这么紧张好吗？"

我们走进去，里面几乎挤满了人。正因如此，保安检查的时候，很难记住每个人长什么样。他几乎都没看我们的身份证，就直接挥手示意我们进去。莉亚笑容僵硬，跟有人拿枪抵着她的背一样。不过保安不太擅长识别面部表情。

我们在后面找了个位子，离吧台很远，但说实话，谁在乎这个啊，至少我们混进来了。

我去吧台买第一轮庆祝酒，忽然发现加布的朋友凯西正一个人在吧台跟酒保聊天。我朝他点了点下巴，然后拿着酒回到座位。

"凯西在这里。"我低声说。

"是加布的朋友凯西？"莉亚用吸管吸了一口，问道。

"是的。"

"太——棒——了！"比安卡在桌上捶了一拳，"说不定加布也在这里。"她开始环顾四周，想把酒吧里的人都看一遍。

"来之前你到底喝了多少？"我问比安卡。

她给了我一个疯狂的眼神，翻译过来就是"很多"。

当她起身，表示要继续下一轮的时候，我就不错眼珠地盯着她。当我意识到她在跟凯西说话的时候，我和莉亚简直对她寸步不离。谁知道她会说些什么！

"我知道你。"我们走近的时候，她正叽里咕噜地说。

"是吗？我是谁？"

"你是加布的朋友。"

他的眼神一亮："正确，我叫凯西。"

"我叫比安卡，今天是我的生日。"他们握手的时候，她告诉他。

"生日快乐！"

"今天不是她生日。"莉亚说，白了凯西一眼。他咧嘴笑了，但好像还想跟比安卡继续玩下去。

"谢谢！"比安卡笑着说，眨了一下眼睛，"我想跟你说件事，但你必须记住，今天是我生日，而且我已经喝醉了。"

凯西看着我和莉亚，寻求解惑。我和莉亚只能对他耸耸肩。莉亚开始啃大拇指指甲了。

"好吧，我上钩了。"他对比安卡说。只见他坐直身体，合拢双手，放在吧台上，一脸严肃。

"你在取笑我？"她问。

"这就是你想说的？"

"不是。"她往后一靠，双手抱在胸前。

"也许有一点儿取笑你吧。"他说。

我得承认，凯西长得很帅。他个子高挑，五官像精灵一样，脸上有雀斑，头发是红色的。这种长相什么时候成了我的菜？

"所以，你想跟我说什么？"他问。

"我的朋友莉亚。"比安卡开始了。

莉亚抬手蒙住眼睛，试图把比安卡带走。

"不要。"比安卡说，徒劳地拍打莉亚的手，"好吧。我想跟你聊聊你的朋友加布。"

"好啊。"

莉亚简直紧张得快吐了。

"加布不喜欢女生？"

"慢着，什么？"

"加布，他喜欢异性吗？"

"就我所知……"凯西傻笑道，"我很肯定，他喜欢女孩子。"

"你为什么肯定？"

"因为他会提到某些……女生。"凯西迅速地扫了莉亚一眼。

"好吧。"比安卡说，"很好。感谢您参与此次调查。"然后她深鞠一躬，返回我们的座位。

凯西摇摇头，在我和莉亚之间看来看去。

"我叫莉亚，她叫玛丽贝尔。我猜你已经知道了。我干吗这么尴尬？"最后一句是莉亚转身在问我，我耸了耸肩。

凯西忽略她的尴尬，跟我们若无其事地握了握手，好像我们那位超级醉鬼朋友刚刚没冒犯他的朋友，问过那个问题似的。

"很高兴认识你们，下次再见！"他边说边穿上外套。

"好的，当然。"我说。我太没出息了。

"你们会来参加我的派对的，对吗？"

"会的。玛丽贝尔认识的人认识你们中的一个。"莉亚说。坦白说，她俏皮的语气，以及跟凯西轻松自如的对话，让我内心生出了一丝嫉妒，我把它咽了回去。

"其实，我们可以交换电话号码吧？直接略掉中间人。"他直接对我说。我忙着咽下嫉妒，差点儿错过这个机会。

"哦，当然可以！"我把电话递给他。

交换完号码，我们迅速回到座位，比安卡已笑得不能自已。

"怎么了？"

"我其实没有很醉。"她说，"但如果我演得好，就能得到我们一直想知道的信息。"

莉亚摇摇头："你真是个邪恶的天才。"

一　月

/ 我是个白痴，不知道该聊些什么 /

♥ 凯西（加布的朋友）

"凯西？"

"加布！"

"给我打电话做什么？"他抱怨道。我应该是打扰到他睡觉了。

"我要去奶奶家待几天，但是走之前，我有很重要的事情要告诉你，短信又说不清楚。"

"好吧……"他的声音听上去清醒了一点儿，多了几分谨慎。

"期末最后那个晚上，我在酒吧看到了莉亚和她的朋友。"

"嗯。"

"其中有个女孩，叫比安卡的，醉得一塌糊涂。莉亚和她的室友玛丽贝尔，不得不一直看着她。"

"听着像是个惊悚故事，现在我有点儿害怕了。"

"别怕！"

"没用的。"

"只是一个小事。比安卡问我，你是不是不喜欢女孩子。"我说得跟撕掉邦迪创可贴一样，十分迅速。

"噢——"他深吸一口气，"噢，真的？"

"是的。"

"哈！"

"你还好吗？"沉默了很久之后，我问他。

"还好。现在很多事情都说得通了。"

"比如？"

"嗯，莉亚看到我的时候，一般都很开心。然后我们就开始聊天，然后她开始变得有些伤感，好像记起了一些不愉快的事。我一直认为是我写的作文给她留下了坏印象，或者是些连我自己也不知道的糗事，又或者是她听了些关于我的传闻。那么，如果她认为我不喜欢女孩的话，一切就说得通了。"

"我非常肯定地告诉她，你绝对喜欢异性。"

"谢谢了，我是说，我没觉得自己受到了冒犯。"

"那就好。"

"这下子，好多事都说得通了！"他叫道，声音轻快而愉悦。

"很高兴能帮到你。"

"挂了，我讨厌讲电话，不过凯西，这事儿你做得很棒！"

"谢谢了，兄弟，我会继续努力的。"

♥ **丹尼** (莉亚的朋友)

寒假的时候，莉亚约我见一面。这没什么奇怪的，过去一放假我俩就经常出来玩。奇怪的是，她的短信用语非常正式。

根据她的请求，新年第一个星期一的中午，我们在老家的一个餐厅里碰面了。

"你好，丹尼。"她已经坐在餐厅等着了。

"你好，阿扎莉。"我双手合十，模仿着她那严肃的姿势。

"我斗胆给你点了迪斯科薯条，因为有坏消息要告诉你。"

"什么？"

"加布·卡布雷拉喜欢女孩子。"

"噢，不。"我说。

她点点头。"是的。"

我双手抱头。我知道自己的举动很夸张，可听到这个消息我真的很伤心，同时，最主要的，我要配合莉亚这番夸张的安排。

她拍拍我的手。

我坐直身体："那么，你要争取他？"

"是的。"

"太好了。他是地球上最棒、最完美、最珍贵的男生。如果我没有机会，你应该跟他在一起。"

"谢谢你，丹尼！"

"你是怎么知道的？"

"期末的最后一夜，比安卡装醉，跌跌撞撞地走到加布的朋友凯西面前，直接问对方加布喜不喜欢女孩子。"

我摇了摇头："天才！你们女生简直是天才！"

"我想说，我也参与了计划。一开始我不知道比安卡有这个计划，直到她实施的那一刻，我才确定。我的意思是，她不可能提前知道，凯西会独自在那个时间出现在那间酒吧。"

我点了点头，忽然闪过一个念头："你们的身份证能用？"

"能用。但我认为，我们对假身份证'不需要等到 21 岁'的理解有误。"她耸了耸肩，"我应该用不到几次。"

"知道吗？好多事我终于想通了。"

两盘迪斯科薯条上来了，我们埋头大吃。

"关于加布，我很抱歉。"她说。

"他喜欢女孩又不是你的错，又不是因为你太好他才转变的。"

她大笑。

"我之前真的以为他不喜欢异性……我居然看走了眼。会不会他自己还不知道？"

"应该不太可能。"她笑着说。

"我会帮你把他追到手的。"我眨了眨眼睛，说。

♥／**山姆**（加布的哥哥）

春季开学返校的第一天，我刚结束工作出来，就看见加布坐在图书馆外面的长凳上。我开始想念寒假里的宁静了。

"喂。"他还在埋头看书，于是我踢了踢他的运动鞋。

"噢，嘿。"

"怎么样？"

"要不要一起去餐厅吃饭？"

"去不了，我还有个棒球会。"

"我居然会嫉妒一个棒球会。我想，大家也都很忙吧。"

"是的，但我可以跟你走那段路吗？"

"当然可以。"

"你是不想一个人吃饭，所以才来跟踪我？"

他耸耸肩："妈妈说你一直在工作。我猜吃个饭应该没事儿。"

"对不起。"

"没关系。我只是寒假在家待习惯了而已，宿舍房间太小，太安静，而且……"他的声音渐渐低了下去，只见他摇了摇头，"算了，我也不知道，这太蠢了。"

我撞了他的肩膀一下："这不是蠢，你只是非常爱哥哥。"

"当然，也许吧。"

我们在沉默中慢慢走了几分钟。大概是天气太冷的缘故，人们全都行色匆匆的。加布还在打腹稿。

"你知道哪里在招人吗？"

"你需要钱？"我问。

"我当然需要钱。我是说，做辅导员不错，能让我有个地方住，可没有现金收入。我只能在学校餐厅吃饭，靠着凯特阿姨送的星巴克礼品卡过活。"

"这不好吗？不过，凯特阿姨为什么认为我们很喜欢星巴克？"

"不知道。但我没钱，它们的确能派上用场。如果我想跟人约会的话，至少可以带她去星巴克。"

"你要约莉亚出去？"

"我不知道，我不知道这个想法可不可行。但我的确在考虑。"

"那么，"我说，"如果你需要钱，图书馆应该在招人。图书馆里很干净，还有空调，永远闻不到油脂或者坏牛奶的味道。"

"瞧你把它说得天花乱坠的。"

"如果我跟他们说，我弟弟需要一份工作，他们肯定会招你。"

"酷。"

我还想说点儿什么，总有很多可聊的，但是我决定到此为止。我不想吓到他。他整个寒假过得都很好，很开心，像很久以前的他。看到他变回以前的加布，爸妈应该也松了一口气吧。

"别的都还好吗？"我问。

"嗯，还好。"他说，"新学期一开始，总会有很多学生跑来找我，为他们的课程表担心，询问他们是否选对了科目。"

"我大一的时候担心过这些问题吗？"

"可能有些新生是优等生。"

"给。"走进大楼去开会之前，我塞给他十美元。

"不用。"

"拿着，等你有了工作后再还我。"

他摇了摇头。

"如果你心情不好又不得不独自用餐，至少能用它大吃一顿。"

"好吧，行，但算我借你的。"

"哦，别担心，我会记账的。"

他往我手臂上打了一拳，不过至少他在大笑。

♥♥ **玛克辛**（餐厅服务员）

那两个小可爱回来了，这次他俩都没人跟着。不过很遗憾，他们各自独坐一桌，但至少这次他们互相微笑并且朝对方挥手了。我原以为女孩会过去跟男孩坐一起呢，但是直到我把她的食物端过去，她才注意到他也是一个人。

看到她注视着他，加上星期天傍晚安静得有点儿古怪，我决定掺和一下。

我说："你可以跟他坐一桌。"

"万一他不想跟我坐一起呢？"

我弯下身子，悄声地说："这样，你先去趟洗手间，经过他的桌子时，你问问他是不是在等人。"

"好吧。"她说，眼睛瞬间睁大了。

"如果他说没有，就问他介不介意多个伴。跟你打赌，他会说不介意。如果他说介意……"

"我会尴尬死的。"

"至少你死得明白。"

"他实在太害羞了。"她告诉我。

"有很多必须迎难而上的理由。"

"他好像很忙。"

"他只是在翻杂志，亲爱的。你为什么一个人来这里？"

"我饿了，室友还没返校，我又不想叫其他的朋友。"

"也许他也一样。下次，你就不一定是一个人来了，知道吗？"

她点点头，深吸一口气，站起身来。

我站在柜台后面，擦拭着，让自己看着像是在忙活。

"你好，加布。"她说。

他微笑，点头。噢，他真腼腆。

"你在等人吗？"

他摇了摇头，脸红了。

"能一起坐吗？"

"可以啊。"他说。

"那我去取我的食物过来？"她说。

"好的。"

"你不介意吧？"

我真想拧断她的脖子。虽然他的反应达不到她预期的效果，但他也没有拒绝，也没有编造一堆的借口。她对这个男生的喜欢已经到了盲目的地步，完全忽略了他有多羞怯。

他摇了摇头，抬头看着她。

她端着奶酪、汉堡回来，坐下，看起来非常不自在。

"这里的汉堡很不错。"他安静地说。

"是不错。"

她很拘谨地坐在那里吃东西。几分钟后，我端上了烤奶酪。

"看看你，大老远地跑过来坐。"我逗她。真希望我能帮他们破冰。我从没见过这么害怕面对面的孩子。

他绞着手指，没有看她。他是故意不看她的，至少在我看来，他在努力地控制着不去看她，好像那样一来，她就能发现他的爱慕之情。

她对我笑了笑，我走回柜台后面。星期天的傍晚真是安静。

"要不要玩'刽子手'？"她把餐垫翻过来，从包里掏出一支笔。

他点了点头，露出微笑，仿佛松了一口气。

他们玩了几轮，后来，她收到了一条短信。

"我室友刚好回来了，所以……我要走了。"她说，"下次见？"

他点点头，挥挥手，她则一阵风似的冲出门。他在餐垫背面写了整整十五分钟，然后把纸团成一团，也离开了。我忍不住将纸团展开，看了一下。

我应该说但是没说的：

1. 你好吗？

2. 寒假过得怎么样？

3. 这学期还会修创意写作课第二部分吗？

4. 我喜欢女生，只是声明一下。

5. 我是个白痴，不知道该聊些什么。

6. 谢谢你和我坐一起。

7. 谢谢你跟我一起玩"刽子手"。

8. 我们应该找时间再一起玩。我可以给你我的电话号码，下次你可以给我发短信，或者，我给你发短信，我们可以互相发。我应该停止这种愚蠢又无聊的行为，开口跟你说话，虽然我一直都很愚蠢、很无聊。有很多事我应该告诉你的，因为一旦知道了那些事，你也许就不会那么喜欢我了，不过也可能你还是会的。

9. 我非常喜欢《吸血鬼猎人巴菲》。

10. 拜拜。（我连一句"再见"也没说，我为什么这么没用？）

我强迫自己把它重新揉成团扔掉，否则我会留着它给那个女孩看，那样的话，她就会明白自己对男孩的影响有多大了。

♥ **玛丽贝尔**（莉亚的室友）

"刚刚发生了一件最奇妙的事！"莉亚冲进我俩的宿舍。

"什么？"

"刚刚在餐厅，我跟加布坐一桌，一起吃饭，玩'刽子手'！"

"听上去你像是他的保姆。"

她躺到床上，做了个生气的表情。

"不是！我是说，那太好玩了。不要生气！"

她脱下鞋子，朝我踢了一只，不过歪了八丈远。我大笑，继续整理我的衣服。"告诉我经过，不要漏掉任何细节。"

"嗯，餐厅里那个年迈的女侍者——"

"玛克辛？"

"是的！"

"我爱玛克辛！"

"我也是。我觉得她希望我和加布能……凑一对儿。为了让我跟加布坐一起，她给我出了很多主意。后来我们坐到了一起，她就看着我们微笑。"

我思考了一秒钟："古怪，但是不错。也就是说，其他人也发现你俩之间有化学反应。"

"同意。"莉亚说，"他很友善，但是当然了，也很安静。我见他不想聊天，于是提议玩了一会儿'刽子手'。"

"聪明之举。让他有事可做，同时向他示好。做得不错。"

"谢谢您，尊敬的夫人。"

我跌到地板上："然后呢？"

"然后，接到你的短信，我就离开了。"

"你走了？"

"对啊。我是说，反正我也吃完了。本来气氛就很怪，要是再逗留一会儿，恐怕会更怪。"

我一巴掌拍上脑门儿。

"喂，别这么夸张。"她说。

"不是，你应该留下的。你们可以一起走回来啊。恰好一切终于有进展的时候，你为什么要离开？"

"我不知道！"她的手愤怒地一挥，"因为我需要你做我人生和情感关系的向导。我需要给你装个蓝牙耳机，以免在我犯错的时候，及时悄声提醒我。"

我看着她，眯起眼睛："所以我要躲在外面某个树丛里？"

"差不多。"

"这得好好计划一下。"

♥ 凯西 (加布的朋友)

"比安卡问你我喜不喜欢女孩子，到底是什么意思？"我一打开大门，加布就劈头盖脸地问我。他说他吃完饭就过来，可现在才过了四分钟而已。

"你怎么来得这么快？"上楼的时候，我问他。

"飞车。"

"你不开车。"在电视前坐下后，加布启动游戏机，我回击道。

他白了我一眼，深吸一口气："那肯定意味着什么，对吧？"

他突然转变话题，我欣然接受："意味着他们经常聊到你。"

"就是这样，对吧？"他说着，舔了舔嘴唇，"我也这么想，只是不知道是不是自己哄自己呢。"

"不可能。他们肯定聊过你。比安卡、莉亚、玛丽贝尔她们三个。我有没有跟你说过，莉亚做了个自我介绍后，中途跟她的朋友说她很尴尬？"

"她太可爱了。"加布摇摇头，"不可能喜欢上我。刚刚在校园餐厅，我在和她吃饭，我们坐在一起——"

"哇！哇！哇！回放一下！"

"我知道。我总共才跟你说了 53 秒，我应该早点儿告诉你。"

"说重点！"

"但是，我什么都没说。我们至少一起坐了 20 分钟。我只说了不到两个字。当时我的脑子里一片空白，现在倒有九百万个词。"

"英语一共有多少个单词？"

"这不是重点。"

"对不起，你说得对。"我默记了一下，待会儿要去网上搜搜到底有多少个英文单词，"你还有机会。我是说，后面上课时再见到她，或者她来这里参加派对……"

"但是怎样才能把还不是朋友的朋友变成恋人？"

"跟她聊天。"

"噢，对，'好简单'啊。"

"兄弟，你们肯定有些共同话题。上课的时候跟她多聊聊。"

"上课的时候跟她多聊聊？"他像机器人一样地模仿着我的话，"行不通。"

"你知道的，人们总说，'哦，那个加布啊，他人很好。'但要我说，肯定是'不，他不好，他可屁了'。"

"这么说来，我得别那么屁才是。"

"不管怎样，莉亚的事情我们慢慢来，还有一个学期的时间呢。她不可能不喜欢你，她的一举一动都表明她喜欢你。你说过的，那天晚上她甚至还约你出去玩过。如果女生不喜欢你的话，是不会那么做的。"

"如果她只是可怜我才约我出去的呢？"

"她为什么可怜你？"

"不知道，我猜她也不会。"他盯着地板。

"她什么都不知道。"我在那个禁忌话题周围犹豫地打转。

"嗯，你说得很对。"

"我当然说得对。我就是你的尤达大师。"

"嘿，你还真不是。"

英嘉（创意写作课教授）

新学期第一节课开始前，科尔走进我的办公室，我问他："准备好迎接新学期了吗？"

"噢，当然。"

"我们先把无聊的事情处理掉，然后再来场八卦？"我建议道。

我们花了半个小时分课程等级，确认答疑时间。我给他粗略地讲了一遍对于这门课的大致构想：每节课都会有短作文，也会有很多互评环节。

"听上去不错。"他一如既往地赞同。毫无疑问，他是所有助教中最好的一个。

"你寒假过得怎么样？"我问。

"很好。新年的时候，我跟我女朋友去波士顿看她的朋友们了。你怎么样？"

"还不错。"我突然咧嘴笑了，"我根本合不拢嘴。看看谁报名了这学期的写作课？"我把电脑屏幕转向他。

"噢，加布和莉亚！"

"就是这学期，科尔。他们会在一起的。我才不管我必须做什么，或者不得不剔掉谁呢。"

"我发现希拉里也在名单里。"

"我知道，我尽量忽视她。"

"我有点儿惊讶，她居然会修第二部分。"

"相信我，我劝过她退出。但不仅没说服她，反而刺激了她。"

"真可惜啊，英嘉。"我就知道他会拥护我这个恶魔，"虽然她写得还行。"

"脑袋空无一物。"我说，不想宽恕她。

"脑袋空无一物。"他表示赞同。

♥ 维克托（创意写作课同学）

朋友喊我去看一个本土乐队的演出，在两个镇之外的一个酒吧里。可他们居然没告诉我，那个演出是针对全年龄层的，而且这个乐队拥有数量庞大的十五六岁热爱尖叫的女粉丝。

最糟糕的是，"大脚"和"长颈鹿"也是这个乐队的粉丝。

我不知道他们这么快就开始约会了，说起这个事情就烦，因为他们早该在一起的，他们很显然十分般配。如果说，在过去被迫坐在他俩中间的那四个月里，我试着灌输任何东西给这两个人的话，那就是他们应该待在一起，谈恋爱去。我是说，我并不在乎，只不过觉得烦死人了。

我尽量无视他们，全力调戏那个叫里拉的小妞儿。朋友们都说她喜欢我，但每次我跟她说话的时候，她都只是笑笑，然后走开。关键是我也没说什么特别好笑的事啊。

我半路改变方向，穿过椅子林，径直走向吧台。这里几乎什么都没有，没有烈酒，没有混合饮料，但是至少他们还有现成的啤酒。只要是冷的，我都不挑。

只是我实在太幸运了，居然排在两个冤家后面。

"六美元。"酒保对"大脚"说。

"一瓶水？"

"哦，你和你女朋友一起算的。"酒保指着"长颈鹿"说。虽然灯光很暗，我还是看到"长颈鹿"脸红了。

"哦。""大脚"往口袋里使劲掏了掏，"长颈鹿"走上前去。

"没关系。"她说，"我有。"

"其实你不……""大脚"支支吾吾的。

"我不介意。""长颈鹿"对他微笑着说，"你以后可以还我。"

我真想把他俩的脑袋撞一起，也许那样会让他们清醒过来。难道他们两个都没长眼睛吗？

她付了钱，递给他那瓶高价水。

"你不必那样……""大脚"低声说。

"或者你可以说声'谢谢'。"莉亚的脸上很和气，但话里带刺。

"谢谢。"

"不客气。"她转身走了。

"大脚"看到我，瞪了我一眼，然后挤出人群，回到朋友身边。

还好他没打算开战。

他那双大脚就算一只踢过来，我也根本不可能承受得了。

♥ **玛丽贝尔**（莉亚的室友）

莉亚走进舞池跟我和比安卡会合，我冲她大吼："你到底去哪儿了？"

她举起一杯水。

"上帝保佑你！"我一把抓过来喝了一口，"啊，舒服！"

一曲终了，莉亚把我和比安卡拽到一边。

"加布在这里。"她说。

"你好像不是很高兴啊！"比安卡说。

"如果他不是个……硬木疙瘩，我会更高兴。"

"什么叫硬木疙瘩？"比安卡问。

"就是比榆木疙瘩更蠢。"莉亚说，双手环抱胸前。

"他怎么就成了硬木疙瘩？"我问。

"酒保不小心把我俩的水算一起了。我就付了钱，但他连谢我的意思都没有。"

比安卡点点头。"你剥夺了他的男子气概。"

"我没有！他在口袋里面掏了又掏，于是我拿出十块钱结了账。就我付又怎样？硬木疙瘩！"

"你个硬木疙瘩！"我朝加布的方向吼了一声。

莉亚被逗笑了。

"我知道他还没爱上我，但是，至少对我友好一点吧。他一直拦着我买单，我又不会为了一杯水就要求皆大欢喜……"

"莉亚，亲爱的，我的室友，我的好朋友，"我双手搭着她的肩膀，"先冷静一下。每次遇到这个家伙，你都会失去理智，方寸大乱。我觉得这件事正好是个机会，如果他不喜欢你，废了他！"

"谢谢！"

"你对他，太温柔体贴了，他则显得太……"

"冷淡？"她主动补了一句。

"对，冷淡。"

"我知道。但我觉得他本来就是那个样子，好像不是特别对我。这是他的行为方式。"

"还有，"比安卡插了一句，"感谢他那篇关于害羞的作文，那也算个证据。"

"我还是应该继续主动。"

"噢，我不是在劝你放弃，只是再换个角度来看这一切。"

她给了我一个拥抱，我们回到舞池。

♥ **凯西**（加布的朋友）

加布从吧台拿了瓶水回来，颓废地坐了十五分钟，我再也受不了了。

"怎么回事？"

"嗯？"他说，斜着眼看我。

"发生什么事了？"我直接对着他的耳朵吼道。

"哦，莉亚。她给我买了这个。"他指着已经空了的瓶子说。

"很好啊！"

"一点儿也不好。她肯定只是在可怜我。酒保把我们的水算到一起了，但是我的钱不够付两个人的。我猜她看见我一直掏口袋，所以才……我刚刚的表现肯定烂透了。"

"下次请回来就好了，你现在在图书馆有份不错的工作啊。"

"下次？没机会了。"

我白了他一眼。他抿着嘴又坐了半个小时。

看到莉亚和她的朋友正在往外走，我示意他过去跟她说句话，他摇了摇头。我拽着他的胳膊，一阵小跑，赶在她们出去前，拦住了去路。

"跟她说下次你请她。"我说。

我一把把他推到莉亚近前，他大声说："下次我请你！"

三个女生正好打开门，一股寒风灌进来，莉亚困惑地看了他一眼。

"我听上去跟动画片里的反派一样。她会被我吓到的。"

"我又没叫你一字不落地说。"

"都跟你说了我这方面很烂。"

"我应该相信你的。"

♥/松鼠

先是那个男孩从这里经过，但我太饿了，跟不上他。

然后是那个女孩来到了草坪上。我坐好，希望她会注意到我，停下来跟我说话。并且，给我食物。

我又找不到我的橡子了，而且很快就要下雪了。

到那时，我就永远找不到我的橡子了。

"嘿，小家伙。"她看到我了，她跟我说话了。

我停下来，坐直身体，甩着蓬松的尾巴，对着她眨眼睛。

"我今天没带吃的。"

看到我，她皱了皱眉头。

"你太瘦了。"

我试着冲她皱眉。

"下次给你带吃的，我保证。"

还好，我的注意力从饥饿转移到了被寒风吹起的树叶上，我决定去追它。

♥ **夏洛特**（咖啡师）

有段时间没见加布和莉亚来了，虽然在这个季节，这种事并不少见。但是星期二下午，加布走进来的时候，我的心情还是愉悦的。他点了杯咖啡，坐在那里做作业。十分钟后，莉亚进来了。她眼神明亮、充满活力，简直让人嫉妒，真希望现在的我也这样。

"你好。"她走到柜台前，我招呼道。

"你好。"莉亚回应道。她看上去很开心，应该还没注意到加布也在。仿佛听到了我内心的想法一样，加布忽然出现在她身旁。

"你好。"他对她说。

她有点儿慌张："你好。"

"这次我请。"他说。

"真的不用。"

"不，我想请你。"他说，深吸了一口气，"那天晚上，我真的喝醉了，还跟动画片里的反派一样，朝你吼了一句。"

"只是有一点点像反派。"

我被眼前的一幕震惊到了。在过去的一个月里，他们两人之间肯定发生了一些事，因为他们上次来，几乎都不跟对方打招呼，现在，他居然请她喝饮料。我简直等不及基斯休假回来了。错过了这场好戏，他会嫉妒我的！

"我那天付钱买单，并不是为了让你今天回请。"她说，"只是恰好遇到而已。"

"那为什么你说……"他声音越来越小，摇了摇头，"是这样，我阿姨总是给我星巴克礼品卡，任何时候都能用的那种，圣诞节的时候，她给了我一张面值 50 美元的。她大概是买了星巴克的股票。所以，就让我买单吧。"

她惊得下巴都快掉了："除了那次课上朗读，这是我听你说话最多的一次。"

很显然，她说错话了，只见他咬紧嘴唇，脸一下子红到了耳根后面。他的肩膀僵硬起来，眼神也开始四处躲闪。他们的交流从有趣进展到让我不忍直视的地步，他再次受到重击。

"对不起。"她说，一只手搭在他的手臂上，"我并不是说那不好，我很喜欢听你说话。"

他长长地叹了一口气，然后无奈地说："没什么，这种话我听得多了。我本来就话少，无所谓。"

"我开始意识到了。"

"让我请你吧。"他低着头，露出头顶上可爱的发旋。

"好吧。"很奇怪，由于她的妥协，两秒钟前弥漫的紧张感奇迹般地消失了，只听她转身对我说："我要大杯的薄荷拿铁。"

他在她一旁，跟她一起等她的饮料。这时，我听到他说："你要不要，呃，那个，呃，当然，你可以拒绝的。那个，你要不要，我是说，你愿不愿意，跟我坐一起。"我讨厌承认这一点——但这一幕实在可爱得不行，他双手深深地插进口袋里的样子，还有他轻轻地踢地板，故意不看她的样子。这一幕只有我一个人看到，简直太浪费了，真希望还有人也在这儿，也看到了。

不过，真可惜他没看她，因为她脸上神采飞扬的高兴神情足以秒杀可爱的小狗狗。她仿佛成了世界上最幸福的女孩，而这一天就是她这辈子最开心的一天。

"我很乐意。"她说。

他看着她，然后笑了："真的？"

"真的。"

加布和莉亚坐下的时候，基斯恰好刚回到店里。

"不是吧！"他叫道，"他们坐在一起了！"

我大笑，把刚才的事告诉了他。

他们靠窗坐了将近一个小时，没有说太多话，但会从书顶上互相偷看。即使他们不说话，也依然有一种暧昧在浮动。

如果不是他们特别可爱，这一幕铁定会做作得令人作呕。

♥ 长凳（草坪上的）

在整个该死的冬天，除了那只笨松鼠，没有一个人来我这里小坐。现在，又下雪了，在接下来的几周里，我将被雪盖住，全身湿冷，并且，在这期间，我将看不到任何一个屁股。

那些没有良心的人从我身边一小时复一小时，一日复一日，一周复一周地来来往往。没有一个人往我这边看，那么多人，没有一个人过来规规矩矩地坐一会儿。

冬天，没人会把时间耗在长凳上。

如果可以的话，我希望自己能长出钉子。当春天来临，阳光普照，鸟儿啁啾，我会要他们好看的，他们要是坐下来，我就长出一枚钉子，刺中他们浑圆的臀部，然后，他们就不会理所当然地忽视我了。

二 月

好男孩永远不会让你困惑

帕姆（英嘉的闺密）

透过教室门的玻璃窗看到我时，英嘉的眼神很疑惑。她挥手让我进去。

"嘿。"她朝我走过来，用眼神无声地警告着我，然后接着说，"都还好吗？"

"还好。我本想在外面等你，看你要不要一起吃午餐的。"我环视了一下教室。学生们学习的时候，教室里有一股低沉的嗡嗡声。我总算知道，英嘉为什么喜欢这个班了。

"其实你是来看那一对儿的吧？"她咬着牙齿低声道。

"好吧，也算吧。"

她一脸蠢相："你肯定能一眼认出那俩。"

我仔细扫了一眼教室，她说得对。在听过他们那么多故事之后，确实很容易认出他们。他们的课桌拼在一起，他们讨论的声音也比周围的人小很多，但是他们的肢体语言却很丰富。

我终于明白英嘉为什么偏心他俩了。

"'微笑'有几个音节？"一个孩子问。

"他们在学习俳句。"英嘉向我解释道。

在英嘉宣布下课之前，我观察了加布和莉亚一会儿。

"他们真让人着迷。"门一关，我就发表了观点。

"是的。她经常逗他笑，而他呢，不管她说什么，整个人仿佛都会被点亮。"

"终于啊……"我说。

"终于……"她点点头。

❤ 鲍勃（公交车司机）

我坐在学生中心外面休息，碰巧看到了我最喜欢的两个孩子。最近我当值的时候，都没怎么见过他们，所以，我很开心在这里看到他们。女孩出来的时候，男孩正好走进去。

"你好，加布！"她说。

"莉亚。"他回应道。

很开心，我终于知道他们的名字了，以后跟玛吉聊他们的时候，会更有趣吧。

他们就站在进进出出的学生之中，一动也不动地看着彼此。

"你……"她开口的同时，他也开口说："我……"

我永远也不知道他们要讲什么了，因为正好在那个时候，一个人从旁边窜出来撞上了他，他俩好像都被惊醒了似的。

"我应该……"他指了指另外一个方向说。

她点点头，低着头走进学生中心。

他们太像以前的我和玛吉了，除了三个地方——我们是在艳舞酒吧认识的；我俩学历都不高；玛吉不是亚洲人。除了这些，他们跟我们非常像。我跟玛吉提起过他们，现在，玛吉非常喜欢听我讲这俩人的事。有时候，有些日子没看见他们，我还会自己编一些他俩的故事出来。

不过今天，我可以告诉玛吉见到他俩了，还有，他俩见到彼此的时候有多么开心，虽然还有点儿腼腆，甚至尴尬，但主要的还是开心。这好像一部只有我和玛吉才知道的肥皂剧。

现在他们走了，两个人都走出了我的视线。我顶着寒冷，开始重新浏览报纸——在公交车上待得太久，我需要些新鲜空气。

天气预报说，周末会有一场今年以来最大的雪。希望学校能停课，我可不喜欢在一堆脏雪里开车。你可以叫我坏司机，叫我胆小鬼，但在天气恶劣的时候，人们就不应该开车上路。

凯西（加布的朋友）

没事先打个电话，我就溜进电梯，按了九层的按钮。我站在走廊，敲了敲门——希望加布在家。

他打开门："嘿！"

"下雪了。"

"我知道。"

"我们要去踢球，我特地过来把你拖出去。"

他挽起左袖，给我看裹着纱布的手肘。

"怎么回事？"

"周末把钢钉取出来了。你到底有没有听到我说话？"

"好吧，没有。"我承认道，"就是说，你完全不能出门了？"

他翻了个白眼。"我可以出门，但惯用的投掷臂缝了针，完全没办法打球。"

"你可以加入啦啦队。听说，莉亚可能会去。"我告诉他。

听到这儿，他立刻兴奋起来，但随即皱起眉头："等我找两件衣服。"

我走进他的小房间。这个房间几乎就是为僧侣设计的，只能挤得下学校发的床、桌子和衣柜。在他换衣服的工夫，我浏览了一下被他用大头针钉在木板上的照片。

他上身穿了件高中时候的棒球衫，下身穿了条运动裤，准备出门。

"我多套了几件，还往手肘上填了点儿东西。"

"你明年住哪里？想过吗？"我问。

他耸了耸肩，套上滑雪服。"很可能再做一年辅导员。我不知道自己干得好不好，但是学校用这样的方式来弥补我损失的部分奖学金，还挺好的，而且，这也是我比较擅长的事。"

"如果做不成，我们屋肯定有人会搬出去，到时候，你可以搬进来跟我和山姆一起住。"

"你毕业后也要继续住那里？"

"不知道，有可能吧。到时候再说。"

"会花很多钱。"他小声说。

"你还太年轻，没到为钱烦恼的时候。"

加布大笑着戴上手套，顺手抄起一顶帽子放进口袋。

"好了，走吧。"

"对不起！我都忘了你手肘有伤的事儿了。"在电梯里，我对加布说。

"没什么。"

"还疼吗，现在？"

他耸了耸肩："比刚受伤那会儿好多了，只是取钢钉的伤口有些疼。"

"我居然忘了这码事，我真是混账。"

"我也不怎么爱聊这种事儿。"他开始吹起了难听的口哨，我则识趣地跳过这个话题。

来到外面，天空昏暗得像傍晚时分，可现在只是下午两点。

"一般来说，雪能把一切映得亮堂堂的。"我们一边走，他一边环顾四周。

"可能是云层太厚。"

"谢了，艾尔·洛克 。"

"你居然提他！这种暴风雪的天气，云层会特别厚，就是他说的。"

"我原以为你已经放弃了自己气象学家的责任感呢。"

我们花了比平时多十倍的时间才走到草坪，因为脚下的雪至少有八英寸厚。

"跟莉亚怎么样了？"我问。

"不怎么样。"

"你打算……约她吗？"

"我不知道怎么做。"

"你就说，'莉亚，有空我们出去玩吧。'"

"我没有车。"

"所以呢？"

"我没办法带她去看电影。"

"加布，别那么死板啊，你太不自信了。别那么对自己。"

"如果她今天来的话，再说吧。"

我们到草坪的时候，已经有一群人在那里了，贝利和我的几个室友也在。贝利向我们小跑过来。

"你们准备好上场了？"他问。

"我们都忘了他手肘上的伤。"我指了指加布，对贝利说。

"啊，天！"贝利拍了拍额头，"那你来干什么？我们应该用气泡纸把你裹好，送回床上去。"

"听着真像我妈。"

"对呀，卡布雷拉夫人肯定会赞同这个提议。"

加布白了他一眼。"我来是因为……也许……"他看了看四周，然后话还没说完，就笑了起来。草坪那头，莉亚和她的朋友正朝我们这边走来。

"贝利特意为你安排的。几周前，他问比安卡要了电话号码。"我告诉加布，然后拍了拍他的肩膀。

"我的屁股都快冻掉了。"加布抱怨道。

"莉亚会让你全身都温暖起来的。"我说。

"现在，当好你的啦啦队队员，乖乖坐在长凳上。"贝利补充道。

"被雪埋住的那条长凳？"

"对。去清理一下，那些女生没准儿会坐在你身旁。"

加布呻吟了一声，但还是往长凳走了过去。他戴上帽子，再把滑雪服的帽子盖上，除掉积雪，然后一屁股坐下。

"好像情况不太好。"贝利有点儿担心。

"他没事。"我若有所思地盯着加布说，"走吧，打球去。"

山姆朝我们跑来。

"你为什么没告诉我们加布去拔钢钉的事？"

他做了个鬼脸："我完全忘了。我是最不称职的哥们儿。"

比安卡走到男生这边，想跟着一起打球，玛丽贝尔和莉亚则在加布身旁坐了下来。看到莉亚坐在加布身旁，我很高兴。不幸的是，加布坐得离她很远，几乎紧挨着长凳的扶手。

后来，专注打球的时候，我就没再注意他俩了。玩到最后，大家纷纷无视比赛规则，打起了雪仗。我瞥了一眼长凳那边，加布一个人坐在那里，正跟一只松鼠聊天。

我开始有点儿担心他了。

❤ 长凳（草坪上的）

好，好，好！终于有人把我身上的雪打扫干净了。也许他只是想拿去团雪球或堆个雪人。但不管怎么说，总算能感受到寒风了，被雪盖了好几个星期后，我终于可以透口气了。

现在是怎么回事？他们还要坐下来？这是我之前最喜欢的那个屁股吗？今天真是很有收获呢，我原以为，今天不过是漫漫冰原中的又一个孤零零的日子。

他好像有点儿紧张。

哦，该死的，好像是因为他有几个女性朋友要过来。完蛋了，她们的到来完全破坏了他的坐姿——此刻他侧着身子，手足无措。女士们，请离开，你们毁了这个完美的屁股。

"你好，加布。"两位女士的声音带着不同程度的热情。如果你们要跟这个完美屁股的主人搭讪，起码要带点儿激情。

他什么也没有回应，但我猜他有可能做了个手势。

"你怎么样？"一个女孩问他。

没有回应。

"你不喜欢橄榄球？"另外一个女孩又问。

我感觉到他在耸肩，但是我很想告诉他，他应该开口说话，除非他不喜欢这两位姑娘——说不定这就是他紧张的原因。

沉默了相当长——长得几乎让人以为不会有回应——的一段时间后，他说："我的手肘受伤了。"

"你还好吗？"一个女孩问他，语气满是担忧。

他又回答得很慢了。这孩子到底怎么了？

希望这两个姑娘赶紧离开，那样一来，他就能放松下来，我则可以享受跟他独处的时光。

玛丽贝尔（莉亚的室友）

莉亚非常认真地跟加布搭话，但是加布没有太多回应。我甚至开始觉得，他比我想象的要古怪许多，或者是我们的声音随风散掉了……我为莉亚感到难过。

"写作课的作业你选了什么题目？"

他皱起眉，摇摇头，我不知道他是在回答莉亚的问题还是在甩鼻子上的雪花。

"你上高中的时候打棒球？"看到他敞开的外套，她指着他里面的棒球衫问道。我应该冲他吼一句：把外套拉链拉上！天气真的很冷。

他把双手环抱在胸前，看着她微笑。

"嗯，我打过垒球。"她嘟囔道。

可能我们打扰到他了，但他一直紧紧地盯着她，好像是在猜她在想什么，而不是在听她在讲什么。

♥ 125 ♥

"好冷。"我说，"走吧，我们去玩一会儿。"

她很可怜地看着加布，然后指着对面那群人说："我们要过去了。"

他轻轻碰了一下自己并不存在的帽檐，很可爱，至少，他还是有点儿个性的。

"聊得好痛苦。"朝朋友们走去的路上，莉亚悄声对我说。

"我很高兴你总算意识到了。"

"我没有妄想症，玛丽。"她说。我只是觉得很难过，刚刚来的路上，她很兴奋，十分快活，现在却一脸困惑。好男孩永远不会让你困惑。

我团了个雪球朝凯西扔去，他夸张地做出惊讶的样子，看着我，回击给我一个雪球，然后顿住，朝我身后看去。我顺着他的视线看过去，只见加布身影小小的，样子很伤感地在跟一只松鼠说话。

♥ 松鼠

已经好久没人来草坪玩耍了，现在，好像所有人都来玩了。他们知不知道我的橡子在哪里呢？

我在他们边上绕圈跑着，小心地不让自己像朋友那样被他们踩到——我朋友的尾巴被踩了之后就再也无法恢复原样了。在树中间来回上蹿下跳观察了很久后，我发现有个人独自坐在那里。

我知道，他喜欢那个女孩。刚刚她还坐在他旁边，不过现在走了，他看上去很伤心。

我沿着之字形路线朝他走去，然后跳上长凳，坐了一会儿。这是我最喜欢的长凳。我很开心所有的人都来了，但是我不开心的是，男孩看上去很难过。

"烂透了！"他嘀咕道。

他在跟我说话？！

我抬头看他，他恰好也在低头看我。

"你还好吗，小松鼠？"

我太开心了！万岁！我又交了一个朋友。也许他可以找到我的橡子！

"我经常看到莉亚对着一只松鼠说话，是不是你？"

我抖动尾巴，希望这是他期待的回应。

"我猜，做只松鼠也不错，你比我酷多了。比如，要是你喜欢的女生跟你坐在同一条长凳上长达半小时，你肯定会跟她聊起来。但是我戴着帽子，帽子上面还盖着外套的帽子，再加上风声……我听不到她在讲什么。我本来想换一边坐，我另一只耳朵听得清楚些，但是她的朋友在那边，我要是换过去，就太显眼了。总有一天，我会把一切都跟她解释清楚的，但我不想她同情我。不管怎么说，我不喜欢提起这件事。"

我扭头正视他。我不知道他在说什么，但显然他很难过，我试着想办法逗他开心。

"要走吗？"他的一个朋友问，也有可能是他哥哥。他们长得一样，实际上，所有的人类在我眼里都长得一样。

"嗯。"

"要跟你的新朋友，松鼠，说再见吗？"

"喂！伙计，那只松鼠是个很好的倾听者。"

"我也可以是个很好的倾听者，如果你给我机会的话。"

♥ **山姆**（加布的哥哥）

加布沉默了很久。我忍不住怀疑我俩是在放学后的"特殊时刻"里。

"我知道你会听我讲。"

"嗯，知道就好。"

"我只是没有什么可说的。"

我点点头："你不必非得说什么重要的事。我知道，过去一年什么事都很糟糕，我很遗憾。"

"谢谢。"

我俩慢慢地朝我的宿舍走去。我打发室友们先去吃比萨。加布明显是有心事，如果只有我们两个人的话，他有可能会跟我说说心里话。

"有天晚上，消防演习都没把我吵醒。"

"真的？"

"嗯。"

"怎么回事？"

"好的那只耳朵里塞了耳塞，然后我压着那只耳朵侧着睡的。"

"你这家伙！"

"我知道。情况很不乐观，我一直没意识到情况有这么严重。"

"你可能会……死。"

"当时我只希望能有人发现我还没逃出去，然后让消防员进来救我。"

"加布，那不是你抖机灵的时候。"

"我没有抖机灵，我只是在安抚自己。"

我无言以对。

"后来，电筒的亮光把我晃醒了。我跌跌撞撞地沿着逃生路线往外跑，结果大家正往回走。"

"你应该去检查一下听力状况。"

"看来也只能如此了。"

"饿不饿？"

"当然。"

我们本打算回宿舍的，但是后来改变路线去了三明治店。至少，我还能给这孩子买个肉丸三明治。

我们进去点餐之前，他把我拉到一旁。

"我需要好好整理一下思绪。有时候我有某种恐慌，还有困惑，然后，我会感觉到很多……说不清的情绪。我不喜欢这样。"

我点点头。那肯定会包含很多情绪。

"我一直在看心理医生，现在好多了。"

"很好。"

"但是今天，跟莉亚在一起的时候，感觉又很糟，我的一举一动都是错上加错。"

"她跟你说了很多话。"

"我根本听不见她在说什么。"

"不至于到那个地步。"

"我说有就有，你最好相信我。"

"酷……不过，我得行使一下大哥的特权，让它变成现实。"

他把我推到一边，走进店里，还没等我反应过来，就又把门甩上了，结果是我撞到了门上。

"从初中我高过你的那一刻开始，你就没有大哥的特权了。"在他后面排队的时候，他小声对我说。

我什么也没说。

"不说话，就是默认。"他严肃地说。

我爆发出一阵大笑。在管教弟弟这门课上，我以前还真是走运。

♥ **丹尼**（莉亚的朋友）

"他在图书馆工作！"我一把抱住莉亚。

"加布？"她问。

"对呀。"我已经接受加布永远不会属于我的事实，所以，我现在要全力帮助莉亚得到他，"走，我们去跟踪他。"

我挎着她的手臂，朝图书馆走去。

"你好像不是特别激动。"走到前门的时候，我对她说。

"最近，他有点儿奇怪。"

"怎么奇怪了？"

"嗯，有时候感觉不错，跟他在一起很有意思，他也很正常。每次看到他时候，都可以聊上几句，甚至还可以一起逛一会儿。"

"但是？"

"但是下大雪那天，我看到他独自坐在长凳上，就坐了过去。

他的手肘受了伤，没法玩雪地球赛。"她说。

"手肘受伤了？他那么金贵。"我捂住了自己的胸口。

她笑了："我跟他说话，问了他很多问题，但是他什么都没回答。他又是耸肩又是做别的，就是没说一个字。我和他大概已成过去式了，你懂吗？"

我报之以最大的同情看向她。

"本来么，我不喜欢抱怨，他也没做错什么。但我忍不住在想，是不是自从在星巴克跟我结清了账，他就再也不想跟我说话了？"说完，她的肩膀一塌，我们走到了电梯跟前。

我勾着她的下巴，让她抬起脸来："别这么难过。"

她推开我的手，嘴巴噘得更高了。我抓起她的手把她拖进电梯。

"我们现在就去找那家伙，想办法让他跟你说话！"

"听着威胁意味很浓……"她说。

"好吧。我们去露台占张视野好的桌子，你可以远远地观察他。"

"我更喜欢这个主意。"

我们找了张俯瞰大楼中庭的桌子坐下。先是学习了一会儿，然后消磨了会儿时间，闲聊起来，几乎没干什么正事。忽然，莉亚往一楼一看，愣住了。

"看。"她悄声说。

加布正推着一车书。我不由自主地看着他在推车时肩膀绷紧的肌肉。

"他的手肘应该还很疼吧。"她说。

"他确实只有一条胳膊在使力。"

莉亚一只手托着下巴，一直看着他走出视线。

"你很喜欢他。"我说。

"是的。"她说，"但这很傻，他不是很喜欢我。你要是喜欢一个人，肯定不会顶着寒风坐在她身边整整半个小时却一个字都不说；你也不会只在教室里跟她聊天而在别的地方完全无视她。"

我点点头，她说得很对。

"我们走吧。"她说，"跟踪他让我觉得自己好可悲。"

我们收拾东西的时候，身后的电梯忽然"叮"地响了一声，你绝对想不到，出来的竟是加布。

莉亚打量了他一会儿，他冲她挥了挥手。然后她朝他走了一小步，轻轻地摇了摇头。

她转身抓住我的手臂："我们走吧。"

我们改走楼梯，出了图书馆大楼。一路上，我十分安静。

"刚刚是什么意思？"一出大楼，我就问她。

"我不知道，只是觉得我不该再为了他折磨自己。"

"他显然很想跟你说话。"

"难道又要我一直不停地讲，他则再次对我置若罔闻？我不喜欢这种游戏了。"

我皱了皱眉头，拉着她朝学生中心走去："你需要来点儿冻酸奶。"

凯西（加布的朋友）

"你这样子，好像有人杀了你的狗一样。"加布从图书馆下班后，我忍不住这样对他说。我们约好一起吃晚餐的，他很慷慨地请我刷了他的饭卡。

我们朝食堂走去的时候，他皱着眉头说："跟那种感觉差不多。"

"要不要跟我聊聊？"

"刚刚在图书馆，莉亚跟一个男生在一起。"沉默了大概一百万年后，加布终于开口了。

"然后呢？"

他耸耸肩："然后，她看见了我，我跟她挥手，她转身离开了。"

"哎哟！"我瞬间觉得遗憾极了，但我不想被加布的情绪牵着走，"下次看见她，你可以问问她那个男生是谁。"

"不知道。他俩看着关系很好。我没仔细看，但他好像很喜欢莉亚，又是摸她的脸，又是给她拥抱什么的。"

"那也不能说他俩在恋爱什么的，也许只是朋友呢。"

"不知道。我觉得已经超出了朋友的界限了。"他把饭卡递给工作人员，点了两份餐，所以对方刷了两次卡。

我们端着饭，找了位子，开始用餐，其间，加布没怎么吱声。

"我本来心情很不错。"他边戳鸡肉卷边说。

"你正在对你的卷饼实施暴力，你知道吗？"他做了个鬼脸，对我的话充耳不闻。

"早上醒来的时候，我心情很好。我以为自己现在挺好的。生活不是完美的，有时甚至会不如人意，当然，有时也会雪上加霜。现在我开始挣钱了，也有了朋友，这学期上课的表现也不错，我还开始喜欢宿舍辅导员的工作了——帮助那些新生其实也是在帮我自己。"

这个时候，趁加布在说话，我其实应该给山姆发条短信，让他知道加布正在倾诉一些心里话。可是，我不知道该怎么回应加布，面对这类情感问题，我简直笨拙得不像话。

"我不想把这些事一股脑儿地甩给你，只是，我好像终于看到了我和莉亚之间的小变化，就是她在泡图书馆，跟别的男生亲密地一起泡图书馆。"

"糟透了。如果我能扭转形势的话，绝对会全力以赴。"

"我知道，谢谢，很感激。我只是一直想着，要是我打算和她继续发展的话，我必须告诉她我身上发生的那件可怜的事。"

"它不可怜。"

他叹了口气："我知道。我自己觉得可怜，但又不希望她认为我很可怜……一言难尽，我想象不出告诉她那件事会产生怎样的后果。"

"不然你先试着说出来？跟别人说说你到底发生了什么事？也许你就不会那么敏感了。"

他给了我一个疑问的眼神。

"这学期，我选修了与女生相处的另类心理课程。"

"那我真该听听你的建议。"

"我的意思是，脱敏是一种很有效的治疗方式。"

他冲我扔了颗豆子。

三　月

我想让自己看着正常一些

❤ 松鼠

"你好。"男孩说,"你是不是那天陪我聊天的松鼠?还记不记得我?松鼠有记忆吗?"

他扔了些三明治的面包屑给我。我已经好几周都没吃过橡子了,所以,他的面包屑对我来说简直就是美味佳肴。我吃过别的食物,但都没有面包屑味道好。

"我在想,要不要跟教授说说我的事。"他的手撑在膝盖上,又迅速收了起来,"我老是忘记手肘的伤。平时它只是有点儿疼,现在,钢钉拔了出来,我就不能撑起这条胳膊了。"

我注视着他。

"本来,这没什么大不了的,但我讨厌自己总把它想得过于重要。出车祸的人其实很多……"

我跳上长凳,坐在他身旁。

"但他们大概不全都像我这么惨。"

我转动脑袋,看看他。他又往长凳上放了些面包屑。

"当然,也有些人会比我更惨。"

他站起身来。

"好吧,该去找英嘉了。我已经做好准备了。"

他转身看着我。

"你真是一个特别好的倾听者。"

帕姆（英嘉的闺密）

那天晚上，我一进门，英嘉就迅速把我拉到客厅，把我按在沙发上，递给我一杯红酒。

"我有个关于加布的爆炸性新闻要宣布。"她异常激动地说。

"你终于意识到自己不是他的治疗专家了？"我说。

她凌厉地看了我一眼。

"只是确认一下而已。"

眼神更凌厉了。

"我从没见过你对别人这么投入过。"

"他们是好孩子，真的。"她说。

我点点头，抿了一口酒。

"反正，我迫不及待地想跟你分享一下，我差点儿在上班的时候给你打电话。"

我坐直身体，洗耳恭听。

"不管怎么说，他今天来我办公室了。"她激动的心情简直溢于言表，"他问我，他在班上的表现是不是还好。"

"你肯定认为他很好。"

"对，然后，他说，去年发生了一件事，导致他现在都还没申报专业。"

"发生了什么事？"在这一刻，我才意识到其实自己跟她一样，对这事十分投入。

"发生了一起不幸的车祸，他的一只耳朵失去了听力，手肘也严重受伤。"

我捂住嘴巴惊呼："太可怕了！"

"是的。更糟糕的是，他再也不能打棒球了。"

"他以前打？"

"对，他曾经还有奖学金什么的。"

我难过地摇着头，命运太不公平了！

"不过，他说他在积极治疗。他现在在看心理医生，慢慢接受一些车祸带来的后遗症，特别是永久性失聪这件事。"

"可怜的孩子。"

"好消息是，学校在新生宿舍给他安排了个职位，所以，他不用付房租。"

"至少，还有件事令人欣慰。"

"他现在肯定很不容易。"

"我知道，但这解释了很多事。"

"是的。他向我咨询自己值不值得转到英语专业。我们讨论了整个就业前景以及他对未来的想法。车祸前，他学的是体育教育，他想当一名棒球教练，但是现在，对他来说不可能了。"

"要不是那场意外，他还是会继续打棒球。"

"我知道，所以我才这么难过。"

"他做什么决定了吗？"

"嗯，很有意思。我们聊了一会儿后，他说他想当辅导员。他跟我说起宿舍里那些找他咨询的新生，还表示自己非常喜欢那份工作。他这么积极生活，真是太好了。"

"这一天真是精彩。"

"确实是。"

凯西（加布的朋友）

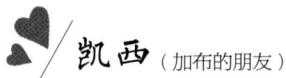

春假过后的第一个星期一，我看见加布从一栋办公楼出来，于是追过去跟他打招呼："嘿！"

"嘿！"我又重复了一遍，随后意识到他听不到我讲话，于是拍了拍他的手臂。

"啊，嘿！"他笑着回应道。

"你在这里做什么？"

"呃……嗯……那是我的心理医生的办公室。"他说，随便指了指。

"哦。"我又不知道该说什么了，"情况怎么样？"

他想了一会儿："非常不错。"

"酷。"

"你在这里干什么？"他问我。

"来办一张新的停车证，停车管理局附近居然没有一个好的停车位，我不得不把车停在远处，然后走过来，现在我要走回去了。"

加布摇摇头，翻了个白眼："停车管理局没有停车位，这个地方简直烂透了。"

"你打算干吗去？"

他挥了挥手中金色的星巴克卡。

"又是凯特阿姨？"

"她很爱送我星巴克的礼品卡。我其实没那么喜欢他们家的咖啡，也不太喜欢那么频繁地喝咖啡，但现在好像有点儿习惯了，而且我已经对他们家的点心上瘾了。"

"一起去。"我说。咖啡店很近，我们三两步就到了。

"你好。"我们上前点餐的时候，加布对柜台里的女孩打了个招呼。女孩的姓名牌上写着：夏洛特。"好久不见。"

女孩翻了个白眼，随即露出微笑："我在冰面上摔了一跤，伤了脚。"

"去年我遭遇了一场车祸，摔断了手肘，左耳永久性失聪。"

她冲他眨了眨眼："这么说，这是一场比赛咯？"

加布笑了，我在一旁目瞪口呆。我从没见过他这个样子。我一定要问问他的心理医生是给他开药了，还是把他催眠却忘了叫醒他。我们拿了喝的，找了个空位坐下。

"我跟心理医生说过脱敏治疗的事了。"在我开口询问之前，他抢先说道。

"你知道的，那个点子是我想的。"

他咬着嘴唇，想了一下。"好吧。"他说，"是这样的，关于我的听力，我最近想了很多。医生说有可能好转，不是那种奇迹般的彻底恢复，但是，你知道的，我还年轻，有这个可能。我另外一只耳朵的听力也会越来越灵敏。说不定，我的唇语会学得很好，不过不是现在。我花了大量的时间盯着别人的嘴唇看，不过没什么进展。"

我点点头："如果你别的感官变得更加灵敏的话，简直太酷了，跟超胆侠一样。你的嗅觉怎么样，加布？"

"超胆侠失去的是视觉，笨蛋。"

"一样啊，会实现的。"

"我也是这么鼓励自己的。不过，在过去一年里，它真的影响了我的日常生活，学习变得很难，跟人交流也很困难。我本来就不擅长跟人打交道，现在又听不见，就更无法交流了。"

"你父母有什么想法？"

他叹了一口气："上次回家的时候，我跟他们谈了。我想，听到我终于接受事实，他们应该松了一口气。"

"现在的情况呢？"

"春假的时候，我们约了一位耳科专家。我还不知道到底什么时候才能恢复，但总算有了个开始。"

我点点头："听上去不错。"

"花了很多钱，而且，他们已经在用第二笔抵押贷款来支付我的治疗费用以及别的开销，所以，我很内疚。"

"他们没有保险吗？"我问。

"当然有，但即使用了保险，也要花费巨额费用。"

我尽量做出一副非常感兴趣的样子，好让他接着往下讲。

"一个助听器需要多少钱？"我问。

"一千美金左右，也许更贵，得看我需要哪种。我不知道普通的助听器有没有用，好像有一种助听器可以把声音从失聪的那只耳朵传到听力正常的耳朵里。"

"看来你做了很多功课。"

"对，嗯，我现在在图书馆工作，也需要找机会练习一下工作技巧。"

"这些听起来都是好消息。"

"没错，都很酷。还有一种无线助听器，以及一种小得几乎看不见的助听器。但是一想到这个，我需要戴助听器，我就很难接受。"

"没什么大不了的。"

"的确，可它真的是个困扰，那会让我像个聋人一样。戴上助听器，会表明我有残疾，人们会察觉，而我就再也无法掩饰了。"

"这就是你为什么不想谈论这个话题的原因。"我白痴的脑子终于开窍了。

"是的。我想让自己看着正常一些，但是我越想表现得正常，就越难过。我也因此产生了罪恶感，因为我幸存下来了，还活得很好，并没有死。我也没有坐轮椅，也没有失明。我只是损失了一点儿听力，不能再打棒球了而已，在那场事故中，那些根本就不算什么。"

"但还是有很多困难要面对。"我说。

"谢谢你那么说。有时候，我也这么觉得，但有时候我又像个小孩儿似的忘掉一切。不过，有人替我说出来，感觉挺好的。"

"好吧，所以……"我扳着手指开始清点，"我们现在有自我否认、金钱以及愧疚的问题，还有别的吗？"

"没了，基本上就这些。"

"你应该想到，戴上助听器，先不说别的好处，最起码会让人们明白你为什么不回应他们，那样他们就不会认为你不爱搭理人。"

"我从没那么想过。"

"你早该想到的。"我靠向椅背跟他说，"你下次见到凯特阿姨，请记得代我谢谢她的这杯焦糖玛奇朵。"

"我会的。"

"那么现在，我宣布，本次加布和凯西的会议圆满结束。"

♥ 玛丽贝尔（莉亚的室友）

从化学实验室回来，我看到了白板上比安卡的字迹：想我了吧。我把东西扔到床上，上楼去看她到底在搞什么名堂。

门开着，我敲了敲门框，说："嘿。"

她笑着拔掉耳机，坐起来，在床上蹦来蹦去："有个好消息！"

"什么？"

"贝利发短信过来问我今晚要干什么。"

"不错！有进展。"

"我撒了个谎，说要跟朋友去看电影。"

"为什么？"

"不知道！我当时很慌张。我没有计划，但又不想说些蠢话，比如洗头发之类的。"

"有道理。"我说着，在她室友的床上坐下。

"然后，他要求一起去。"

"可你其实不打算去看电影。"

她大笑，我感觉自己好像被设计了。"好吧，他说如果可以的话，想跟我们一起。所以，如果你想去，我就去。"

"你在设计我去看电影，而且还是当你跟贝利的电灯泡？"

"他说他会带个朋友。"

"会带加布吗？"我问。

"不知道，他没有说。我们要不要叫上莉亚？"

"十分钟前，丹尼接她回家过春假了。我刚在停车场遇到了他们。"

"太可惜了。"

"你觉得加布喜欢她吗？"我问道。我们三个经常在一起，所以，比安卡和我几乎没有机会聊莉亚爱慕加布的事。

"我觉得他们很爱对方，但是他们太笨了，什么都做不了。"她说。

"对，我同意。"我说，"我们怎么去影院？"

"贝利说他八点来接我。"

"好吧。在那之前，我们做什么？"

"小睡一会儿？"

"总是跟你不谋而合。"

♥ 山姆 （加布的哥哥）

春假期间，学生寝室会关闭，所以，应母亲的要求，我本该接上加布直接回家，可他坚持在宿舍旁边的便利店逗留片刻，因为他要吃特趣巧克力，喝根汁汽水。

"为什么非得是这种特殊的组合？"我问。

"你没试过，就不要妄下评论。"他很坚持。

我的哥们儿安东尼奥在这里当收银员，所以我转身去找他讨论计算课的期中考试。

"烂透了。"我说。

"很有挑战性。"他说。但是他的注意力不在我身上。我俩的话说到一半，莉亚走了进来，不过我没注意。安东尼奥的目光追逐着她的身影，我的弟弟正在店里闲逛。

"快看这俩。"他说。

"为什么？"

"他们每隔一段时间就来一次，女生占据一个角落，男生占据另外一个角落。他俩在店里走来走去，一旦不小心碰到后就会像两条抛物线一样弹开。他们是世上最怪异的情侣，我想为他们写个公式。"

我希望自己是一脸困惑的表情："我觉得，你在统计学课本里沉迷得太深了。"

"不，是真的。看，他们之间的吸引轨迹就像一个公式。"

他拿出一张纸，开始画图表，写下一长串数字。他边写边解释，很快，加布和莉亚也都过来看热闹了。

意识到有人在看，他的铅笔顿了一下："如果两人合买的话，可以参加我们店里的特趣大包装优惠活动。"

莉亚和加布一脸茫然地看着他。

"你们不是一起的吗？"

"一起的？"莉亚问。

"对呀。"

她飞快地瞄了我弟弟一眼："我们不是一起的。"

"但是，根据数据分析……你们似乎互相吸引。"

"这是我听过的最荒唐的对话。"我对安东尼奥说。

"我们已经听过很多了。"加布说。我差点儿就要恭喜他终于在莉亚面前开口说话了。

安东尼奥耸了耸肩，开始给莉亚结账："是真的。数据很有说服力。"

"亲爱的莉亚，"一个男孩在门边说，"当地人等得十分焦急。"

她咯咯笑道："'当地人'是指……你吗？"

"我指的是，觊觎我停车位的接孩子的家长们。"

"好吧。"莉亚说。

她冲我们笑笑，然后离去。

"你看到了，对吧？"加布对我说。

"是的。"

"听到他说什么了吧？"

"对。"

安东尼奥摇摇头："没道理啊。根据我的计算，你俩是天造地设的一对儿。"

♥ 丹尼 (莉亚的朋友)

"刚刚气氛很奇怪。"我们取车的路上，莉亚说。

"首先，最要紧的事情，"我说，"你有没有给我买特趣巧克力？"

她递给我一个袋子。

"谢谢，我的蜜糖。好了，刚刚发生了什么事情？"

"店里那个收银员刚刚告诉我和加布，他可以根据我俩的行动轨迹计算出每个人对对方的吸引指数，而且，他说我俩买零食走的路线是抛物线。"

我注视着她。

"好了，我知道了。"她说。

"有趣。"我说，"我不知道这个理论能不能站住脚。要是用数学和爱情来写本恋爱自助攻略之类的书，没准儿我们可以赚上几百万。"

"很好，丹尼，在这件事上，你可真是捡了个现成的！"

车子开出去后，她看了一眼手机，然后叹了口气。

"这下好了，玛丽贝尔和比安卡今晚要跟加布的朋友一起出去玩。我都能猜到他们会聊什么。"

我不带任何立场地嗯了一声。

她翻了个白眼。"万一加布也去了怎么办？我一定要让他们发誓不会聊到我。"她开始激烈地编起短信来。

"也许那有助于……"

"不知道，我累了。我很厌倦时时刻刻都在尴尬。我一直在努力，却什么回报都没有。"

"至少你努力了。"我说。我恨自己不能给她任何建议。我喜欢给别人一些建议，但是现在这个状况让我觉得自己很没用。

"呃！"她呻吟了一声，用手捂住脸，"我什么时候变得这么自以为是了？"

"你不是自以为是。你很棒。大家都很爱你，包括你的朋友。如果她们跟加布的朋友聊起你，也绝不会讲你的坏话。"

"我知道，我知道，你说得对。"她把手机放到水杯架里。

"好姑娘。"

凯西（加布的朋友）

"所以，加布坚定地说不去吗？"我们开车经过校园的时候，贝利问我。

"是的。虽然我知道山姆已经出门去接他回家过春假，但我还是发短信问他了。我本来以为用莉亚做诱饵，他就会再多留一晚。"

"你跟他说，我们跟比安卡和她的朋友一起出去？"

"对呀。"

"你跟他说是莉亚？"

"他说不可能是莉亚，因为莉亚现在正拉着她的男朋友逛校园。"

"确定是她的男朋友吗？"

"他好像很确定。"我说，"他明天约好去见听力专家……"

"治他的耳朵？"

"是。"

"不错，是好事。"

"他好像不打算在搞定耳朵的事情之前，解决跟莉亚的问题。但是看到她跟别人在一起，他又很郁闷。"

我们在学生宿舍边上停车，比安卡和玛丽贝尔在已经在那里等着。趁她们还没有上车，我扭头对贝利说："我们尽量不要提到加布和莉亚。"

"好吧，我尽量。"

她们在后排坐下。

"女士们，你们好。"我说。

每个人都寒暄一遍后，我们沉默了最多三分钟，但感觉比一个小时还要长。

"好吧。"等红灯的时候，贝利转过头，看着后排说，"你们都不说，我来说吧。"

"贝利！"我说，希望我的声调高得跟上次妈妈警告我不准说姑姑的头发是橘色时一样。

"莉亚和加布，他们怎么回事？"

"我觉得我们不应该聊这个……"我说。

但是玛丽贝尔已经开始说了："我不知道该不该说，但是他们两个人真的应该行动起来。我们大家都看得清清楚楚，他们两人怎么可能不知道？"

"你们认识餐厅的那个服务员吗？"比安卡说。

"你说玛克辛？"我问。

"就是她，她简直爱死他们了。我们那天去吃饭，她问莉亚她的'那位'还好吗。"

"她也问过加布类似的问题，"贝利说，"只是她问他的'甜心'。"

"你们有没有听中餐厅的送餐员说过？"玛丽贝尔问。

"当然听过，一字不落。"

"莉亚有男朋友吗？"贝利问。

"没有。"

"加布说他看到她跟一个男生在一起。"

女生们对视了一眼。"除非你说的是丹尼。"玛丽贝尔说。

我和贝利耸耸肩。"不知道他的名字。"我说，对着后视镜眨了一下眼睛。

"丹尼是她高中时的朋友。"玛丽贝尔说。

"他是个男生，也是她的朋友，但绝对不是她的男朋友。"比安卡说。

"可能加布说的就是他。"贝利说。

"我们要怎么办？"比安卡终于说到正事了。

"加布他……"我打住，跟贝利交换一下眼神，"有一些自身的问题，但是只能由他自己跟莉亚说。"

"莉亚没有问题，但是跟其他人一样，她也极度地没有安全感，有一大堆的烦恼和疑惑。"玛丽贝尔说，"而且她说她已经放弃他了，因为她一直在努力尝试，但是他很少回应她，尤其是最近。"

"我们根本无能为力。"贝利说。

"除非把他们的脸凑在一起，强迫他们接吻。"比安卡说。

我和玛丽贝尔对着她很严肃地摇摇头。

"我觉得这个主意不错。"贝利说，显然不赞同我和玛丽贝尔。

"还有件事。"玛丽贝尔说，"莉亚专门叮嘱我们，不要跟你们讨论他俩。"

"好吧。我们会保守秘密，也不会告诉山姆。"贝利显然没认真听，所以我拍了拍他手臂。"我们不会跟山姆说的，对吧？"

"啊？不会。反正山姆都回家了。"

玛丽贝尔点点头："我建议我们应该引导他俩往正确的方向发展，'督促'他俩。"她说。

"不要偏离路线。"我说。

贝利和比安卡在后视镜里互相做鬼脸，看来指望他俩支持是不可能的了。

"我就当比安卡的鸭子表情是同意。"我说。

玛丽贝尔耸耸肩："我一直都是这么干的。"

♥ **山姆**（加布的哥哥）

春假结束后，返校的路上，加布表情放松，甚至心情愉悦。

"你心情不错。"我说。

"还不错。至少助听器的事情可以放心了，虽然还没有什么实质性的消息。"

"现在进展到哪一步了？"

他耸耸肩："首先需要确认哪种助听器比较适合我，然后我必须试戴。"

"对于莉亚，你有什么打算吗？"我问，"你现在开始解决你那堆事儿了，该有个计划。"

"我没有计划。"

"真的？"

"我现在只想专心解决助听器的事情。"他说，没有看我，装作很自然地跟着收音机一起哼歌，"反正她也不喜欢我。"

"也许她以为你不喜欢她，因为你都不跟她说话。"

"也许她有男朋友，所以做什么都没有意义。"

"也许是每次见到她，你对她都没表现出一丁点儿感兴趣。所以，你不能怪她跟人约会，找个真正愿意跟她交流的男朋友。"

他转身看着我的脚："我不知道该怎么接话了，你到底想说什么？"

"我想说……你喜欢她。"我说，"你时时刻刻都在提她，你渴望跟她在一起，所以，解决掉你那堆烂事儿，跟她聊聊。"

"没错，说起来好简单。"

"好吧。如果……你跟别的女孩先练习一下怎么聊天，挑那种你经常见但不喜欢的女生，你觉得怎么样？"

"不知道。我为什么要自找麻烦？"

"练习啊，笨蛋。你有没有在听我说话？"

他意味深长地看了我一眼。

"好吧，知道了，对一些废话，你会偶尔听不见。但我是认真的，加布，跟别的女孩聊聊天，也许能让你有点儿自信。"

"我没有太多人选。"他说。但一看就知道他正满脑子搜索他熟悉的女孩子。

"下次我们去参加派对的时候，你可以随便找人说。"

"我不觉得……"

"创意写作课的那个女生呢？有些古怪和烦人的那个？"

"希拉里？"

"对，试着跟她聊聊。"

"哦，也许，会有点儿用。"他点点头说，"你靠这个良心建议，凯西靠他的脱敏治疗，你俩可以挣外快了。"

"是继续胡扯，还是让我拽你出去散个步。"

"我要告诉妈妈。"

四 月

明眼人都知道她喜欢你

❤ 希拉里（创意写作课同学）

加布和莉亚最近不怎么说话，大概是从春假过后开始的。这学期刚开始的时候，他们还打得火热，但是最近两三周他们都没有在一起偷笑，没有讲只有他们两个人才懂的笑话，也没有谈论那些过时的烂片。他们甚至都不坐在一起。我猜他们肯定大吵了一架。

这是我乘虚而入的绝佳机会。整理头发、妆容，再抹一点唇膏，等着英嘉讲完话，再行动。先从简单的开始，我还不想把他吓跑，他很容易惊慌。

"嘿，加布。"我说，手指绕着一缕头发。

"嘿。"他说。他看着莉亚，直到她连一个挥手都没有就离去了。出去的时候屁股不要撞到门，我这样想着，目送她离开。

"你在做什么？"

"不知道。"他一边说一边合上笔记本。

"我打算去学生中心吃饭。"我喜欢他看我的样子，非常专注地盯着我的嘴唇。肯定是润唇膏的原因，它太有诱惑力，连加布都不能抵挡它的魅力。

"哦，不错。我其实，呃，正想去那里。"他说。

"太好了。"他太可爱了。

我们走上楼。我试着跟他搭话，但是他没有理我。我们到外面后，我问他期末考试写什么。他的回答太无趣了，所以我换了一个话题。

"你春假的时候都干了些什么？"

"啥也没干。上班。有天晚上和哥哥还有朋友一起去了亚特兰大市。"

"听上去很惨。"我说。

"其实还挺好玩的。"他说。

"哦，好吧。我去内格里尔了。你也找个时间去牙买加玩。"

"我还没有那个能力。"他说。

这个话题就这么断了，话不投机半句多。"你是不是明年毕业？"我问。

我们已经走到学生中心，但是他还在全神贯注地看着我的嘴唇，真希望我可以再抹一点唇膏。因为我说太多话，唇膏有点褪色。我一定要找机会溜到卫生间去。

"呃，不是，按照学分算的话，我其实还只是大二。我大二基本没有拿到学分，因为……"我脑子放空了。他讲故事的方式一点也不吸引人。我回过神来的时候，他正讲到他失去了棒球奖学金。

但是他没有给我的沙拉付钱，我有些失望。但他还是可爱的，所以，我既往不咎。

♥ **玛丽贝尔** （莉亚的室友）

"莉亚。"我对着电话小声说。

"玛丽贝尔？"

"就是现在，加布跟希拉里那个讨厌的"碍事镇女王"在学生中心共进午餐！"

"不是吧！"

"是的！"

"狗屎！"

"太狗屎了！"

"他为什么那么做？他不可能喜欢她，她那么无趣。"

"形容得太贴切了。"

"难道不是吗？"

"太对了。"

"告诉我，他们在干什么？"

"嗯，等一下，我看我能不能神不知鬼不觉地走近点儿。"

"小心点儿，玛丽贝尔。不要让他看到你。"

我偷偷地穿过学生中心的食物区，躲在桌子底下和角落里偷窥，尽量不要引起别人的注意。等我终于找到了一个有利位置，已是气喘吁吁的了。看来我得开始健身了。

"好了，我现在躲在角落里，从我这里看过去，希拉里在说话，加布没开口。"

"这是他的一贯作风。"她说，声音里掩饰不住对他的感情。

"加布刚刚摸她的手了！"

"什么？不要！"莉亚大叫，"不可能。我不信！"

"他真的摸了。"

"太难受了，玛丽。"她说，"现在呢？"

"希拉里笑得很大声，加布在微笑。他们都在吃饭。天哪！她居然用脚去碰加布的脚。"

"你确定你监视的人是对的？"

"我确定，我又不是白痴。"

"我为什么会有这种感觉？我以为我对他已经没有感觉了。"

"我不知道。"我诚实地告诉她。

"太难过了，玛丽贝尔。我完全没了主意。我不敢相信我就那么让他从指缝中溜走。"

我替莉亚重重地叹了一口气。

"很有可能他不喜欢我，肯定是这样的。他给的所有信号我都误会了，他跟我说话的唯一理由就是要抄我的家庭作业之类的。"

"他怎么可能抄写作课的作业？"

"不知道，我现在情绪已经失控。我从来没有像现在这样逻辑混乱过。"

"要不要我走上去打断他们，看他什么反应？"

"要。不要挂电话，我要听。"

"这就是友谊的真谛。"我告诉她。

"谢谢你，玛丽贝尔。无数年以后，我还会铭记你的善良和这次监视行动。"

我拿着手机走到他们那桌，话筒部分朝外，但也没做得太明显，比如把话筒正对他们。"你好，加布。"我走上前说。

"你好，玛丽贝尔。"他说。

"你还好吗？"

"还不错。"他说，抬头对着我很单纯地笑了一下，"希拉里，你认识吗？"

我看着她。她的微笑假得不能再假了。

"你们在干什么？"

"今天下课后我问加布要不要一起吃午饭，他说要。"她说着，摸了一下他的手。第二次了！

再看看加布，他没有那么高兴。

"对呀，反正我也要来。"他说。

"我们以后可以再一起来。"希拉里说。

我开始觉得这个气氛过于诡异，而且加布瞧着一副受到了惊吓的样子。

"我吃完了。"他说，突然站起来，"你去哪里，玛丽贝尔？"

"嗯。"我说，挑了挑眉毛，在想到底要不要救加布一回，而且我必须先摆脱莉亚。所以，我按了"结束通话"。希望她能理解。"我要回家。"

他对着我笑了笑，拿起东西。

"太好了，我跟你一起走。再见。"他对希拉里说。

她只挤出来一个"嗯"，不敢相信地摇摇头。

"刚刚不好意思。"我们出了学生中心后，他对我说，"让我跟她多待十秒钟都不行。"

"没事，我不介意被利用。"

他笑了笑："莉亚跟你一起来的吗？"

"她在家。"

他点点头："我去上班了。谢谢你刚刚救了我。"

"不用客气。"我说，"乐意随时效劳。"

我看着他离开后，发现有四个来自莉亚的未接电话。幸好我把手机静音了，要不然我刚刚的行为太可疑了。我给她回过去。

"你是怎么做到三分钟打了四通电话的？"

"现在怎么样？我受不了了！"

"一切安好，宝贝。"我告诉她，"他利用我甩掉那个讨厌的'碍事镇女王'。现在他去上班了。"

"我还是不喜欢。"她说。

"我跟你发誓，什么事也没有。"

"好吧。谢谢。"

"他又问起你了。"我告诉她。

"有意思。"她说。

"有意思吧？"

"有意思的是，他总是在背后跟别人打听我，又不当面跟我讲话，而且还跟希拉里约会。"

"这么火大，真的不太像你。"

她叹了一口气："我知道，我知道，我为我的不安感到不安。我厌倦了这样绕圈子，而且我非常尴尬。"

"你尴尬什么？你没有做什么尴尬的事情，你只是喜欢上一个男生。"我说。

"我应该专心忘了他，我经不起这趟感情过山车的折腾。"

"我懂。我会尽量帮你。我们可以制订一个方案，比如，《十二个步骤让你轻松忘掉加布》。"

"谢谢你，玛丽贝尔。你最好了。"

"我知道。我很快到家了。"

"我现在就开始拟一个自我恢复的方案。"

夏洛特（咖啡师）

"莉亚来了。"莉亚走进来后，我悄悄跟基斯说。

"太好了！"他说，"我很久没有看到她了。"

她很快排好队，点了一杯冰摩卡，在她平时坐的靠窗的角落坐下。几分钟后，加布出现了。他时间把握得很好。

"感觉好像他在跟踪她一样。"我对基斯嘀咕道。

"真的，他对时间的把握太不可思议了。"

加布走进门，环顾四周，很显然在找莉亚。他看见她，但是她没有看到他。她戴了耳机，所以，她已经是与世隔绝的状态。

加布排队点了平时爱喝的咖啡大杯不加满，自己加牛奶。

"派克市场。"我还没问他，他就微笑着加了一句。

"你今天很活跃。"我说。我真的不是故意的，我控制不住这张嘴。

他害羞地笑了。"事情有所好转。"他耸耸肩说。

他们两个人都是好孩子，但是有些误会，所以还没有开始谈一场正常的恋爱。但是比起其他常客，他们又有礼貌、又可爱。

比起那些点咖啡过于挑剔而且还对摩卡的量有严格要求的人，他们好太多。

更不用说当我跟加布说我脚受伤的时候，他对我很友善。他还跟我讲了他车祸的事情。我更喜欢他了，因为他根本不用跟我说，但是他有心跟我分享。

我递给他咖啡，他拿过去加牛奶和糖。整个过程他都在看莉亚，他连着咽了几次口水，然后摸摸耳朵。他应该感觉到我在看他，因为他转身对着我笑了笑，我对他竖起大拇指。

"基斯，"我说，"我觉得有事发生。"

基斯正在准备印度奶茶，他抬起头往那个角落看去。我有极大的冲动想把电梯音乐关小点，但是顾客需要它。我真想让这部老爷电梯赶紧关掉它的破门，让我好偷听那两个人的动静。

他走到莉亚的桌子旁，但她依然没有注意到他，因为她戴着耳机。他拍了拍她的肩膀，她抬起头。

"小姐？"排队的人说，我让他不要说话。再给我两秒钟，我就能听到那边发生的事情。基斯停下热牛奶的工作。我发誓连星巴克的音响都屏住了呼吸。

我猜他跟她打了招呼，她也打了个招呼。他指着她对面的那张椅子，不过从她的手势来看，她好像很无奈，并不是欢迎的态度。这可不是个好兆头。

"都归你了。"我听她说。她的声音很大，对于加布小小的要求来说，她的反应太过于情绪化了。然后，她合上书本，丢进书包，离去。加布一脸错愕。

我看着基斯，他跟我一样难过。

"好吧。你需要什么？"我问这个老人。

"我需要服务员！"他愤愤不平地说。

我把咖啡递给他，然后跟基斯示意我要去跟加布聊聊。现在没有人排队，希望我回来之前也没有人。我真的不敢相信我开始干涉这件事了，但是他看上去非常难过，至少我应该问他有没有事。

我靠近他，抓了一块抹布装作在附近擦桌子。"你还好吗？"意识到他有所察觉的时候，我问他。

"我不知道我做错了什么。"

"你是不是等太久了？"

他啃着手指甲，对我点点头。

"我很抱歉。"我发自内心地说。

"谢谢。我要坐在这里，重拾我被碾碎的自尊。"

"送你一块起司蛋糕会让你好受点吗？"

"免费的起司蛋糕几乎可以包治百病。"

"我立马回来。"

我讨厌在他们的事情上插一脚，也讨厌用了"立马"这个词。

♥ 山姆（加布的哥哥）

加布和贝利早到了好几个小时，派对还没开始。

"买食物和酒去。"加布就这样跟我打招呼。

"我也很高兴见到你。"我回道。

"加布心情很不好。"贝利告诉我，"不要理他。"

"怎么了？"我转身问加布。

"我没有很不好，我只是很困惑，有一些难过。"他对贝利说，完全忽视了我的问题。

"加布怎么了？"我问贝利。

"拜托。"他说，"等我们买食物和酒的时候我再告诉你。"

"我先看看凯西，他开车来的。"

我们四个挤进我的小车。经过麦当劳汽车点餐通道的时候，加布坐在后排闷闷不乐。贝利告诉了我们发生的所有事情。凯西停下车，我把食物拿出来。

"这位加布先生认为他应该邀请莉亚参加今晚的派对，但是整个星期每次看到人家姑娘，他就止步不前，临阵退缩。"

"我没有临阵退缩。"他嘟囔道，"我只是不想当着希拉里的面跟她说。好吧，有一次我看到她的时候，我确实退缩了，因为她又跟那个男生在一起！"

"好吧，他退缩了一次。昨天他在星巴克看见她，鼓起勇气，还蹦跶了两下，所有的咖啡师都为他加油……"

"你完全歪曲了整个故事。"加布说。

"好吧。"贝利说，"你自己说。"

加布狠狠地咬了一口巨无霸，往前挪了一下。"咖啡厅里有些咖啡师我经常见，而且他们人很好，除了一个，她偶尔比较毒舌，但是她昨天很友好。她说我很活跃，我也确实很活跃。昨天天气很暖和，外交政策课的论文我又拿了优，再加上我本来希望在星巴克遇到莉亚，结果她真的奇迹般地出现在那里。"

"然后呢？"我说，凯西也跟着点头。

"我走上前，但是她戴着耳机，所以我拍了她的肩膀。她抬头看着我，摘下耳机。我说了声'你好'，她也说了声'你好'。"

"目前为止还不错。"

"是的，然后我问她我可不可以坐她那一桌，她回了一句'都归你了'，然后就起身离开了。"

"就那样走了？"

"就那样走了。"他说。

"不太像她会做的事情。"

"我知道。但是那个偶尔毒舌的咖啡师夏洛特很同情我，还送了我一块免费的起司蛋糕。"

"不错。"

"些许安慰。"他耸耸肩说。

"你打算怎么办？"我问。

"不知道。"他说。

"对于一个昨天被喜欢的女孩拒绝的人来说，你的心情过于愉悦，除了你刚刚抱怨太多。"

"因为我现在有助听器了。"他转过身给我看他的耳朵。

"哦，我知道。妈妈跟我说过。"我说。

加布转身给其他人展示。

"几乎看不到。"贝利说。

"反正我看不到。"凯西斜眼看了一下说。

加布从耳朵拿出一小片塑料。我们啧啧惊叹了好一会儿。

"上周我去试戴了，然后他们就邮寄给了我。今天才到。"他装回耳朵里面，"虽然不喜欢讨论这个话题，但是耳朵能听见了确实让我心情好很多。"

"一点儿也不稀奇。"

"拜托，如果我想恢复听力，得戴着它过个一年半左右。"他说，但是面带笑容。

我们往酒店走去，脑子里想着怎么解决加布的问题。

"你今天晚上什么都能听到了。"在伏特加长廊里，我挨着他说。

"助听器的功劳。"

贝利走到我和加布旁边。"我可以跟比安卡聊聊，让她跟莉亚说说。"贝利说。

"我懂，也很感谢，但是我自己的问题自己解决。"

贝利点点头："如果你改变主意，告诉我。"

随后我们回到我住的地方，待在我们的房间里。

派对开始的时候，我们全部都喝多了。莉亚和她的朋友出现的时候，房子已经在我眼里转圈。她们下到地下室，我们紧随其后。贝利和比安卡瞬间消失在了一个隐秘的角落里。

"看着她我很火大。"加布盯着那头的莉亚对我和凯西说，"我想吼出来。"

"你不是爱吼的人。"凯西说。

"冷静，大男孩。你不用吼。"我说。

他喝了一大口啤酒："为什么我们一整年都在玩这种无聊愚蠢的游戏？"

"冷静下来，控制怒火。"凯西说，"你真的醉了？这么有攻击性可不像你。"

"我只想知道原因。"他继续盯着她。她终于看过来，挑起眉毛看着他，这促使加布豁出去了一切。

♥ **玛丽贝尔**（莉亚的室友）

"你好，莉亚。"一个声音从背后传来。莉亚惊讶得下巴都掉了。我转身，看到了加布，但我不是很惊讶。迟早有一天，这一刻总会白热化，而且就在今晚。我希望会是今晚。

"你男朋友去哪里了？"他问。

"我没有男朋友。"她说，脸上有些厌恶的表情。

来之前，我们就稍微喝了一点儿。我们几乎是强拉硬拽地拉着莉亚过来的。她说她已经放弃加布，不想再跟他玩游戏了，但是比安卡太想跟贝利见面了，所以我们决定先把莉亚灌醉，有了醉意以后，她决定跟加布见个面，证明她已经对他没有感觉了。

看看她现在的表情，我已经很肯定她绝对还喜欢他。

"是吗？我经常在学校看见跟你在一起的那个男的是谁？个儿很高、很瘦，还戴眼镜的男的。"加布问。他已经醉得不轻了，但他不是酒品很差的醉鬼。他就像一条长得又瘦又高却又不能控制自己四肢的小狗。

"我朋友丹尼？"莉亚一副困惑地问。然后她怒火全开，手指戳着他的胸膛，一步步把他逼到墙角："你还敢说?！"

加布瞪大眼睛。

"你还跟希拉里那个'碍事镇女王'一起脚蹭脚共进午餐呢！"

他显然吓到了。我应该上去保护他，但是我更应该无条件地站在莉亚这一边。这时候，凯西和山姆也站到我旁边。

"嘿。"我用嘴角说，"我们要管吗？"

"他们自己可以解决。"凯西说。

"同意。加布非常坚定。"山姆说。

"终于。"我说。

加布看着我们："我能听见你们三个说话。"

"稀奇。你现在什么都能听见了！"莉亚说。

"我能。我戴了助听器。"他告诉她，霸道地仰起下巴。

"有什么了不起的！"莉亚说，手在空中挥舞，"你知道吗？你要是一百年前告诉我这些事儿，我就不会一百年都在纠结这些事儿，我们就可以做些事儿。"

"很多'事儿'。"凯西小声说。

"我也能听到你讲话。"莉亚转过来，眼中带着杀气看着凯西说。

他举起手投降。

"你知道吗？"加布说，"我昨天本来想跟你示好。我想邀请你来参加今天的派对，但是你完全无视我。"

"我不想跟你说话。"她一个字一个字地吐。

"为什么？我做错了什么？"

"我不知道。因为你经常跟我的朋友打听我，但是从来不跟我说话？因为我们即使在外面遇到，你也不打声招呼，但是偶尔你又不知道从哪里冒出来想跟我做朋友？还是说只有你方便的时候才这样？"

他看着她眨眨眼睛。

"想起来没？"

"不是只有我方便的时候……"

"加布，是多方面的原因。你上一分钟还很可爱、亲切，古怪得可爱，但是下一分钟你就变得不那么亲切，还有点冷淡，而且古怪得可恶。"

"我并不是古怪得可恶。"他平静地说，"我一直很想展现可爱亲切的一面，从来没想过其他事儿，也不想成为那么事儿的人。但我真的是个挺事儿的人，那是因为我根本不知道我都做了些什么。"

"又说了很多'事儿'。"山姆说，"也许我们喝酒的时候可以玩这个游戏。"

我往后退了一小步。"我觉得我们不应该听下去。"我告诉他。

"嘘。"凯西把我拉近说，"他们以后会需要我们帮助他俩回忆这件大事，因为他们都喝醉了，不会记得的。"

"我还没有醉到那个程度。"莉亚头也不回地说。

"插一句。"加布说，"我有。"

"所以，你有要辩解的吗？"莉亚说，又用一根手指戳他的胸膛。

"请别再戳我的胸了。"他说。

她双手放在身体两侧，握起拳头："算你狠。"

他看着她，我看不太懂他的表情，有那么一秒钟，我以为他会俯身吻她。我很担心，因为我非常确定他如果现在那么做的话，她会踢他的下体。

"所有的事儿都是真的。如果我很正常，也没有很古怪，我就会跟你说那些事儿，我们就会做些事儿。"他说。

"我喜欢这种指代不明的感觉。"凯西嘀咕道，"他们对'事儿'这个词的滥用简直绝了。"

"说真的，他们每说一次'事儿'，我就喝一口。"山姆说。

"进行到哪里了？"比安卡走到我旁边问。

"加布和莉亚要么打一架，要么吻一下。"我回答道，看着她和贝利。

"接吻，接吻，接吻。"贝利小声地起哄。

加布没有转移视线，只是指着他说："闭嘴。"

贝利闭嘴。

"好吧。"莉亚说，"就这个？你要辩解的就是这个？"

加布看着她，然后看着我们每一个人，紧锁眉头，然后转头看着莉亚："在这里不方便，特别是在这些人面前。我们可以到外面去吗？可以吗？"

我等着莉亚的吼叫声再次响起，但是她好像已经没有了斗志。

"好啊，可以啊。"她环抱双臂说。

我应该说些什么，但是我不想弄巧成拙。他们真的需要好好聊一聊。

"你确定吗？莉亚。"比安卡正好说出了我的心声。

"是的，我可以呀。如果我需要你们的话，我会给你们发短信。"

我们所有人交换了一下眼神，然后看到身后派对上的人都停下来看热闹。莉亚和加布没说一个字，一路奔向楼梯间。

音乐再次响起，大家开始聊天。凯西从他的秘密基地给我们每人拿了一瓶啤酒。

"我们现在只有等了。"他说，给每个人发了一瓶。

他们两人一消失在楼梯间，我就转身问凯西："我不想等。有没有什么地方可以偷看到他们？"

"你真的想那么做？"他问，做了个鬼脸。

"哥们儿，"贝利说，"你不可能不想这么做，不要故作清高。我们需要一个可以偷听的风水宝地。"

我们上楼进了卧室，打开正面的窗户，但是他们站的地方在另外一边。

"我们可以去浴室。"凯西说，我们所有人跟着他走进浴室，贝利把门关上。

"此次监视行动意义非凡，我不想有人打扰我们。"他解释道。

凯西把窗户开了一条缝，一股新鲜空气扑面而来。我们没有开灯，所有人尽量小声地呼吸着。

"你应该穿一件外套。"我们听见加布说。

"是加布会说的话。"山姆插一句。

"我不需要外套。"莉亚说，"你想说什么？"

"不知道。我在里面根本无法思考。整个派对的人都在盯着我们看，听我们讲话。我有很多想说的话，但是不想在公众场合说。"

莉亚抱着手臂："现在可以说了。"

"首先，对不起。我真的不会这些事儿。"

"什么事儿？我们今天晚上用了太多次'事儿'这个词了，好像我们都害怕说得很详细，所以基本什么都没有说。"

"贝利，叫那个敲门的人不要再敲了。我们还要偷听。"我悄声说。

贝利打开浴室门。

"如果你不让我进的话，我就尿在厨房的水池里。"安东尼奥说。

"安东尼奥要撒尿。"贝利跟我们说。我们鱼贯而出，在房子里到处寻找跟浴室一样好的偷听宝地。最后，我们在楼上的卧室找到了，但是风声几乎掩盖了他们的声音。我们能偶尔听见莉亚在吼叫，仅此而已。

"只好等明天早上听他们自己叙述了。"我说。

♥/维克托（创意写作课同学）

我用生命在躲避加布和莉亚。过去三个月里，每次看到他们中的一个，我就赶紧往相反的方向跑，因为只要其中一个在的话，另外一个肯定也在附近。我已经厌倦了被夹在他们的"小世界"中间。

我跟室友一起去参加今晚的派对，事先根本没想起加布和莉亚。全是我的错，因为他们肯定也会在那里。他们确实在地下室上演了一场闹剧。当意识到某些人要引起轰动时，我赶紧躲出去，决定在旁边的院子里待着，抽支烟。

想不到的是，我才吸了两口，就听见他们走出来。我就不能喘口气吗?! 我本来想把烟掐了，但又不想浪费，我只能盯着天空，尽量当他们不存在。

我把他们的声音当成轻轻拍打岸边的波浪，专注地看着星星，欣赏薄薄的云层飘过月亮的样子。没多一会儿，我开始头晕。糟糕，我喝醉了。

我听到加布叽里咕噜地在说话，但是一个字都听不清楚。

我开始有些好奇，决定去看个究竟。我站起来，移到房子的一边，尽量走在阴影里，终于，我能从树丛中看到他们了。我不清楚为什么我会跑过来跟踪这两个世界上我最讨厌的人，绝对是喝了酒的缘故。

莉亚双手叉腰，加布离她几万里远，手插进口袋里，面向莉亚斜着站，好像准备下一秒撒腿就跑。

"拜托，加布，至少让我看到努力的希望。"

"我并不想跟希拉里约会。"

"所以你想跟她交朋友? "

"不是。"

"很好，因为她很讨厌。"

"整件事很蠢，你会觉得我整个人也蠢到家了，我都不知道我可不可以说出来。"他仰望天空，没看她。

"什么事? "

"我利用她练习。"

"练习什么？"她问，向前跨了一步。

他翻了个白眼："我利用她练习跟女生说话。"

我强忍住笑。莉亚什么也没说。

"我以为你知道我很害羞。这也是我为什么在班上读那篇作文的原因。我以为你懂我的话，就会对我多一点儿耐心……"

"我确实懂你，一直都懂。我也接受了。"她说，"但是已经六个月了！"

"我动作很慢。"

"不是一般的慢。"

"我很容易紧张，而且顾虑很多。"

"你现在没有很紧张啊。"

"那是因为我现在喝多了！"他说。

"这么说，你很害羞，你不擅长跟女生说话，所以你才跟希拉里一起共进午餐？"

"只是在学生中心一起吃个饭而已。我们又不是在举行订婚仪式，你为什么揪着不放？"

"因为你当时还……摸了她的手、蹭她的腿。"

"我摸她的手？"

"对。玛丽贝尔从头到尾都在看着你，我当时正在跟她讲电话，她都跟我说了。"

太好了！这下他洗不清了。

"你不觉得有点过分吗？"他问，"还让你的朋友监视我？"

"也许有一点，但是我不管。如果你喜欢我的话，你就不会做那样的事。"

"莉亚,希拉里的事情跟你一点关系都没有。你从来也没有很直接地表达你的感情,我必须像解密一样去揣测你的心思。前一天你还跟我在餐厅坐在一起吃饭,几天后我就看见你跟一个男生在图书馆打闹,转身离我而去,完全无视我。"

她摇摇头:"我只是很累、很尴尬。那是一种自我保护的行为。"

"我明白那种感觉。"他说。大概是看到了我手里微光闪动的烟头,于是他喝道:

"谁在那里?"

莉亚转过身。

我走出来,挤出微笑,尽管他们的表情想要杀了我。

"嘿!你们好啊。"

"维克托。"莉亚说。

"好久不见。"我假装友好地说。

"你在这里干什么?"加布问。

"跟朋友一起来参加派对。"

"你在偷看我们?"莉亚问。

"对呀,就像你之前偷看加布一样。"我笑着说。

她不自然地挠了挠鼻子:"哇。鼻子有点酸痛。"

加布嗤笑一声,不再看我:"我走了。"

"什么?你现在就走?"莉亚问。

"是的。我现在醉得没办法再说了,说什么都是错的。我需要整理一下思绪,但是我需要先睡一觉,脑子已经不转了。"

"因为你没有在听我讲什么。"

"我觉得你们都没有在听对方讲什么。"我插嘴说。

两个人看了我很长一段时间,然后加布转身看着莉亚。"对不起。"他还是妥协了。

我们看着他离开。

"你可以跑上去追他。"我说。

"你觉得我会听你的建议吗?"她大吼着,一把把我推开,往里面走去,狠狠甩上门。

我们三个人心情都很糟。

两秒钟后,她打开门,走出来,又把门甩上,回头说:"不,真的,我很好。我发誓。"

她的朋友跟着她鱼贯而出。"你不能一个人去。"

"我不是一个人。"莉亚说,"维克托跟我一起去。"

"创意写作课的维克托?"

"是的。"

"你讨厌他。"

然后几个男生又涌了出来。"加布在哪里?"

"他走了。"她说。

"去哪里了?"

她耸耸肩,拖着我往前走,留下一群摸不着头脑的醉鬼。我对他们挥挥手。

好吧,散散步也不错。

♥ **鲍勃**（公交车司机）

我正在学生中心外面稍作休息,我的老朋友加布跌跌撞撞地上了公交车。他对我点点头,脸上的表情很痛苦。我从后视镜扫了他一眼，他好像胃不舒服。

"要吐吗？"我问他，在镜子里跟他对视。

"不是，只是有些不开心。"

"想跟我说说吗？"

他张开嘴，正好这时候，女孩的声音在车外响起。

"这下好了。"加布嘀咕道。

"谢谢你陪我走这一段。"她说。很快我就听出是莉亚的声音，她也许就是加布不开心的原因。

"什么？"车外的男孩说。

"谢谢你陪我走这一段。我想甩掉我朋友，你帮了我很大的忙。但是我现在想一个人待着，不想见任何人。"

"我们现在在哪里？"男孩问。

"学生中心。往那个方向，过一条街，就可以回到派对的地方。"

"你们好了吗？"我冲着门喊。

"好了。"她说，转身朝我露出甜美的微笑，"我们可以了。"

"我走了？"他问。

"好的。路上我跟你说的话，你要是敢透露出去……"

"我都没……"男孩嘟囔道，"你……说什么了？"

"很好，继续保持。"

他往另外一个方向离去，莉亚登上公交车。

"你确定他可以吗？"我说。

她很内疚，然后摇摇头："他可以的。他朋友还在那里，再说，走过去也不是很远。"

她深吸一口气，但在看到加布的时候，又长叹一声。

"还是遇到了。"她低声说。

"我还要休息十分钟。"我跟他们说。

他俩都点了点头。她在他后面找了个位置坐下。

他们坐在那里，沉默了很久，然后，他转过身去。

"我刚刚说话很冲，对不起。"他说。

"昨天在星巴克我对你很冷淡，对不起。"她说。

我发动车，沿着往常的路线开。这两人都没发现自己的乘车方向反了，也就是说，要去他们的宿舍楼还得绕一大圈。

"虽然我说过我现在不想说话，但是有些事你还是应该知道。"

她点点头，没有那么紧张。

"是这样的。"他说。

等红绿灯的时候，我从后视镜里瞄了他们一眼。她靠着他的椅背，他侧着身子坐着，但是没有看她，只是盯着自己的大腿。她双手交叉放在下巴上，让我忍不住猜测她想要抚摩他，只是她在尽量控制。

"首先，说出来很丢人，但是我没有交过女朋友。我怕我会做错事。"

莉亚耸耸肩："我也只交过一个稳定的男朋友。我又不是经验丰富得跟有过四十个丈夫的伊丽莎白·泰勒一样。"

"真的？"

"真的。"

"我感觉好多了。"

"看吧，很容易啊。"她笑着说。

"这件事比较难一点，虽然现在不是什么大事，但是告诉你比较好，因为你可以多了解我一点。"

她耐心地点点头。

"去年一月份我出了一场车祸。"他娓娓道来，"就在新年过后。"

她倒抽一口气，很小声，引擎的噪音太大，我都不敢相信自己听到的话。

"我开车送我的妹妹贝卡去她朋友家留宿，在回来的路上撞到冰块，车子打滑，甩到一棵树上，正好撞到驾驶座一边。我手肘受伤了，头结结实实地撞在车门上。"他不由自主地摸了摸耳朵和头的一侧。

他扫了她一眼。突然，我意识到绿灯已经亮了两次。还好这个时间附近没有人。我再次发动车，但是注意力全在他们身上。我经常说，路面上有冰的时候就不要开车出门。

"我很抱歉。"她小声地说。

"现在还好，就是这件事，我很好。我昏迷了几天，住了几周的院，全身疼痛，基本生活不能自理。我妈给我买了很多不用系鞋带的鞋，因为我戴了很长一段时间石膏，不能弯腰系鞋带。"他对着她微笑，但是她太震惊，没有回以微笑。

"后来呢？"

"后来才发现我撞到头的时候，我基本上……撞坏了耳朵。这就是我听不到的原因。这还不算什么，最烦人的是那些治疗过程。医生说有可能会好，也有可能不会，我一直期待着会变好。我的手和头已经好很多了，但是耳朵却没有。"

她点点头。

"等我回到学校已经是很久之后了。我的棒球奖学金没了，没有哪一件事情是顺利的。"他慢吞吞地说。我都着急死了。"我希望你喜欢我，但是我不想你同情我，我也不想任何人同情我。

结果，我什么都没有做好。"

我们到站了，但是我不知道该不该提醒他们。莉亚发现了，站起来。

"谢谢你，"她对他说，"告诉我这些。"

"我们和好了吗？"

"是的。只是……"她停顿了一下，叹一口气，"我之前总觉得怪怪的。如果你早点告诉我这些，我就会知道原因。但是我一直不知道该怎么办。"

他点点头，但是表情像是迎面被打了一拳。

"能给我一点时间吗？我需要好好思考。"莉亚问。

"好吧。"

"对不起。只是需要消化的东西太多了。"她环抱双手，终于记起我这个司机。她竖起一根手指，让我等一分钟。

"哦。"

"这不是件坏事。你是真的喝醉了，可我没有，我在骗你呢。我其实不知道，好几个月以来累积的愚蠢问题，能不能在一个晚上彻底解决掉。"

他用手腕揉着双眼。

"送我回家？"她问，"好吗？"

他点点头。他们走到前面来谢我。即使他们今天晚上都很情绪化，但他们还是一如既往地有礼貌。

我目送他们消失在那栋宿舍楼里。

♥ *凯西*（加布的朋友）

星期天下午，我坐在门廊上装作读关于另类心理学的书。今天是多么美好的一天。阳光明媚，小鸟在我的车上到处拉屎。我每换一个姿势，屁股下面的椅子都吱嘎作响。我不应该把脚搭在栏杆上，把椅子往后翘起。不过，日常生活中总有一些让土木工程师心跳加速的危险动作，比如我现在正在测试椅子的抗张强度。如果我坐的椅子坏了，进急诊室的时候，我就这样跟医生说。

"你怎么在读《我从未承诺给你一座玫瑰花园》？"

我没察觉到加布在走近。我把椅子调了个个儿，结果搞得它快散架了，两个前腿着地的时候发出了刺耳的声音。

"另类心理学。"我一个趔趄把他逗笑了，"不要嘲笑我。"

他还在笑我，然后拿了一把椅子坐下，表情变得很严肃。

"怎么了？"我问。我其实有成千上万个问题要问，但我还是先问了一个无关痛痒的。

"没事。"

"肯定有事。"

"好吧，是有事。但是我不知道怎么说。"

"那么我问你答。你昨天晚上去哪里了？"

"我回家了。"

"你为什么没有给我们任何一个人发个短信？我们都以为你死了。"

他愤怒地瞪了我一眼。

"好吧。我们都知道你没有死。但是你应该要回派对。"

"不可能。太丢人了，我没法面对。"

"她也走了。"

"我知道。我们在公交车上碰到了。"

"什么？"

"我基本上已经把我的灵魂掏给她看了，可她只是表示：'好吧，以后再说吧'。"

"你确定？"

"我猜我可能给她的信息太过复杂，她不知道该怎么做。她还说我们昨天晚上都喝醉了，也谈不出个结果。所以，走到学生宿舍的时候，她说等她准备好的时候，会找我好好聊聊。"

"你准备怎么做？"

"还需要做什么吗？"

"对呀。你下一步怎么打算？"

"我不是很清楚。"

"至少你承认有下一步计划，值得表扬。"

"对呀，应该有下一步计划，但是我要等她的提示，也许她会提示我继续谈心。"

"你可以尝试一些浪漫的手势。"

"对呀，多像我的风格啊。"

"所以就叫加布式浪漫手势。"

"我完全无法想象这个手势的意思。"

"等一下。趁我们还没有跑题跑太远，先说你来这里干吗？"

"哦，对，我来看有没有一些不费脑子的电动游戏可以玩。"

"完全可以。"

五　月

他俩都咬钩了，绝对跑不掉的

希拉里（创意写作课同学）

"不好意思我迟到了。过敏了。"英嘉在最后一秒冲进教室时说。她看上去跟红鼻子驯鹿鲁道夫似的。

我真的等不及这学期结束了。尤其是现在加布认为我配不上他。我受不了每周都有好几个小时跟他待在同一个地方。

"改一下最后一次交作业的时间，星期四之前必须完成。"英嘉带着浓重的鼻音把我从白日梦中拉回现实。

教室里一片哀嚎。

"这篇作文要比平时的短。"她信誓旦旦地说。

我很怀疑地看着她，总觉得是个陷阱，因为这门课从来就没有短的、简单的作业。

"写一篇描写人物的百字作文。不要用形容词。"

"什么？"我问。我肯定听错了。

"一百个字，不用形容词，描写某一个人物。"

"但是形容词就是用来描写的呀。"我尽量揣测为什么英嘉会觉得这是一个正常人可能完成的任务，好像只有写作天才才能完成这篇作文吧。

"是的，谢谢你，希拉里。我知道什么是形容词。"

"这根本不可能。"我说。我竭力克制着不骂脏话。也许她吃了过敏药，脑子傻了。

肯定是这样的，因为她翻了个白眼。老师不应该翻白眼。我应该告她。我看见加布正在笔记本上乱画，莉亚在咬指甲。别的同学也都在为这个不着调的作业头痛。我缩回椅子里，抱着手臂。

"好吧。我举个例子：'我的妈妈卧室里有一把椅子。她坐在椅子上的时候，整个人很放松。她坐在那张椅子上看书已经变成一种习惯。每当夜晚来临，坐在那张椅子上，对她来说，世间一切安好。'你们能想象我妈妈是什么样的人吗？"

"我觉得……"我说，尽量显得底气十足。如果英嘉可以不要脸，我也可以。

"你也可以说，某人长了一张黄鼠狼的脸，头发跟枯草一样，行为举止跟贵宾犬一样目中无人。"

哦，你最好不是在特指我。我正准备跳起来，给英嘉一点颜色瞧瞧，这时，我听到有个声音小声地说："听上去很酷。"

加布说得很可爱，让我一下子没了脾气。我又想起他是个浑蛋，我跟他势不两立。为什么我的人生要如此复杂？

"很好。"英嘉说，"每个人都要在课堂上读自己写的文章，而且这篇文章将会占到你们期末成绩的百分之二十。剩下百分之八十就是你们之前讨论过的叙述文。"

我听见加布响亮地惊呼了一声。我到底看上他哪一点了？

"我觉得你没问题。"英嘉看着他说。什么情况？难道她有偷窥的癖好？

我很开心这个学年终于快要结束了。

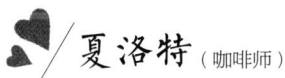

♥ *夏洛特*（咖啡师）

我忙得晕头转向，都没有注意到她。直到她走到我面前拿饮料的时候我才看到。

"嘿。"我说。

"哦，嘿。"

她好像心情不好。我想问问她还好吗，但是排队的人太多，咖啡机的声音大得跟恐龙吼叫一样。这种时候不太适合寒暄。

她拿了加冰的大杯焦糖玛奇朵，就近坐下，看着窗外。我不禁想她是不是在用意念召唤加布。我一直在用眼角的余光关注她，直到我到点换班。她拿出一本粉色的小本子，在上面写写画画。

她当然有一本粉色的小本子。

我还很惊讶上面居然没有贴一些毛毛。

我假装擦桌子，迂回地靠近她。她看见我，嘴角拉长笑了一下，但是眼睛里并没有笑意。

这时，她的朋友一个滑步冲进来。

"亲爱的莉亚，"他说，她从小本子里抬起头，"怎么样？"

"嘿，丹尼。不太好。"她说。

"有什么烦心事？"他说。

我边偷听他们讲话，边擦那些从来没有被这么用心擦过的桌子。听到她说自己需要时间，我再也忍不住了。

"你做了什么？"我问，径直朝她走去。

"我们都喝醉了。"她说，抬头看着我，摇摇头，"时机不对。感觉不对。"

"他已经爱上你了，你知道吗？"我说。

"什么？"

"你们两个人都在这里的时候，他的视线从来没有离开过你。你不在的时候，我听到他跟别人打听你。他跟我讲过你。"

"她说得很对。"丹尼说。

“我现在很乱。”莉亚说。

“听着。”我说，叹了口气，在她对面坐下，希望经理不会发现。“我之前以为他是个彻底的浑蛋。不值得任何人花时间在他身上。但是在过去几个月里，他改变了我的想法。我们都喜欢看你们两个人。”

“我们？”

“哦，基本上就是所有员工，特别是塔比莎和基斯。”

这次她真心地笑了。

“所以，我觉得你应该再给他一次机会，那又不会死人。”

“我同意。”丹尼说。

“好吧。”她说，“我想到一个计划。”

♥ **维克托**（创意写作课同学）

见到加布人之前，我先听到他的声音。其实听到动静的时候，我并不知道是加布。如果知道是他的话，我肯定会往反方向偷偷溜走。他在图书馆的书架上整理书，而我要找的书正好在他工作的那一区。看来，碰面在所难免。

他看到我的时候，我有一种直觉：相较于我怕他，他好像更怕我。

“你好。”我说。

他嘀咕了一声作为回应，几乎没看我一眼。

“跟你女朋友的问题解决了？”

他苦笑了一声。

"看来是没有。"

"你为什么想知道？"他问，声音低沉。

"我感觉很不爽。我本来可以置之不理。但我又插了一脚，而且还火上浇油。我过意不去。"

他翻了个白眼，移到下一个区域。

"我是认真的。"

"好吧。"他说，声音有些嘶哑，好像不舒服。

"对上学期最后一堂写作课我说的话，我感到抱歉。我以为可以促使你们朝着正确的方向更进一步，因为明眼人都知道她喜欢你。"

"很好笑。"

"真的。"

"是呀。我为什么相信你？"

"因为我总是有意无意地陷入你们两人中间。那天吃消夜的时候我在，一月份乐队演出我也在，还有那天晚上。更不用说上学期的每一节课。"

他转身看着我，我说的话终于引起他的注意了。

"你们两个白痴是我见过的最可爱的烦人精。我很讨厌自己用'可爱'这个词，讨厌到反胃的程度。"

这下把他逗笑了。

"我不知道我是怎么夹在中间的。你如果因为这个想要打我，完全可以。但是在你打我之前，我想告诉你，也许我恨你们两个人，但是你们肯定不恨对方。"

"那天晚上你走后，她上了车，我当时在车里。她希望我能给她时间。所以，现在我在给她时间。"

"你一开始就不应该离开。"

"你们一路走过来，她有说什么吗？"

"我希望你能清楚地意识到，我有多么讨厌自己还跟你们纠缠不清，但是你走后，我陪她走到公交车站。她一路都在说你。也有不太好听的话，毕竟她很生气，但是她一直不停地说。她要我保证不跟任何人讲她说过的话。我不记得她具体说了些什么，但是我很肯定地告诉你，她从没不准我告诉你她谈论过你，她只是不准我把她说的话透露出去而已。"

他眯着眼睛，我能看到他正在重复我说过的话。"我在尽量理解你的话。"

"我可不想因为这件事挨打。她要是真打我的话，一点也不稀奇。"

他这次真心地笑了："我不敢相信我居然这样说，但是谢谢你，维克托。"

"如果我说'随时找我'，那就太假了。"在一切即将变得像某女性视频网站播的电影场景之前，我迅速撤离现场。

帕姆（英嘉的闺密）

"哦，亲爱的，你看起来很不好。"星期二晚上下班后，我进屋的时候看着英嘉说。

"谢谢关心。"她说，吸着鼻子，擤鼻涕。

"你脸色不好，声音更糟糕。我一直觉得，维系我们真挚友情的关键因素，甚至可以说基础，是诚实。"

"不要讲废话，给我煮个汤。"她说，声音比外表更脆弱。

"好吧。"

汤做好后，她窝到沙发上，又多加了几张毯子和几个枕头。我在她对面的椅子扶手上坐下。那些毯子围成一个力场，我根本没办法在她旁边坐下。

"我以为自己只是过敏而已，结果不是。"

"明天的课不要上了。"

"不行！"

"好吧……"

"我必须去，我布置作业了。"

"布置了什么样的作业？"

"不用形容词描写一个人物的作文。"

"哦，大作文。"

"到时候了。我给他们最后一次机会。"她停下来擤鼻子，"感冒的时候说'机会'这个词很难发音。"

"我知道。"我很同情地说，虽然我还没有经历过这样的事情。

"不管怎样，如果这次不行，至少我尽力了。"

"你尽力了。你已经做了常人没办法做到的所有事情去撮合一对创意写作课的学生。"

"不要让我觉得相信爱的力量很愚蠢。"

"我没有！我是说你该做的都做了。"

"我其实还可以办个比赛。"她又开始了天马行空的想象，双眼放光，"让他们两人组成一组，获奖的人可以在餐厅里共进晚餐。"

我怀疑地看着她："这不是《欢乐合唱团》里面的情节吗？"

"不是。也许是。我不记得。我吃了太多的感冒药。"

"我给你沏茶，也许会减缓你的记忆衰退。"

"谢谢！"她躺在沙发上喊。

三分钟不到，我再次回来的时候，她已经在沙发上流口水了。

💙 玛丽贝尔（莉亚的室友）

"玛丽贝尔？"莉亚在房间的那头悄声喊我。

我不答应。

"玛丽贝尔。"她又喊，这次声音大了些。

我紧紧地闭着双眼，屏住呼吸。

"玛丽贝尔，我可以写我爸爸，我祖母，或者星巴克的咖啡师。"

正当我快要缺氧晕厥时，她朝我扔了一个枕头。

"我知道你没睡。"

"好吧。"我说，把枕头扔回去，侧身躺着，"为什么我们又讨论这个话题？你明知道我的答案。"

"万一写得不好呢？万一他不懂呢？万一他生气呢？万一他已经决定放弃我了呢？万一还没读我就吐了呢？"

"莉亚，你是一个很优秀的人，你喜欢他是他的荣幸。没有人强迫你非要写他。你不想做的事情，没有必要做。"我告诉她。

她正准备说话，但是我打断了她，因为我知道她要说什么。

"你不要再纠结了。"

"要是那么简单，相信我，我早就这么做了。"

"我也想相信你，但现在是凌晨四点，这两天我们讨论同样的话题至少十多次了，现在赶紧睡觉。等你明天读给加布听的时候，你的脸和精神状态都将是最完美的。"

"好吧，晚安。"

"晚安。"

安静了几分钟。

"但是我明天穿什么呀？"黑暗中传来她的声音。

♥ 山姆（加布的哥哥）

加布坐在长凳上，一脸困惑迷茫。这个表情出现在他脸上一点儿不稀奇，他经常这样。

"嘿，你找我什么事？"我问。

"我想要听听你的意见。"

"你肯定需要。"我说，坐在长凳上，"你偶尔还是需要你的大哥，我完全懂。"

"你能读一下这个吗？"他问，递给我一张纸，直接忽略我这个大哥的话。

"嗯，可以。"我扫了一眼。很短。

他满眼期待地看着我。

"写的是莉亚？"

他点点头。

"不错。"

"只是不错？"

"对呀。干什么用的？你就这样给她？"

"不，我要朗读，一会儿上课的时候。"

"哇！"我说。我真的感到惊讶，我又读了一遍这篇只有两段的作文。

"会不会很尴尬？"

"很有可能会，但是如果她有那么一点点喜欢你，你肯定会赢得她的芳心。"我摇摇头，又读了一遍，"我觉得要是你读出来的话，就会非常棒。"

"我很害怕。"

"这是件很大的事，也需要很大的勇气。你如果不害怕，我反而很惊讶。"

"如果我羞愧而死或者惊慌而死，转告妈妈我爱她。"

他起身离开。

"祝你好运。"我认真地说。

"谢谢。"

英嘉（创意写作课教授）

加布看上去跟我一样紧张。也就是说，他要上钩了。我让同学们安静下来。他举起手，我就知道鱼已上钩。

"加布？"

"我可以第一个读吗？"

"当然可以。我很欣赏你积极的态度。"

他弱弱地笑了一下，深吸一口气，走到讲台前。我在旁边找张桌子坐下。他这学期学会分享了，已不再是去年秋天那个站在同一个位置的男孩。

"好吧。"他清清嗓子，看着我，但是我不清楚他的表情是在说"帮我"还是"这是个错误的决定"，"这篇文章只有一百个字。"

"很好。准备好就开始读。"我说。

他闭了一下眼睛，咬一下嘴唇，然后睁开双眼，眼光落到莉亚一个人身上。

她的出现总让我惊喜。我时刻留意着她。她的微笑满足了我的期待。我喜欢看她思考，喜欢她看我的样子。

她跟松鼠做朋友，甚至聊天。善待动物的人不坏。如果你不想说话，她会静静陪在一旁；如果你不会说话，她会打圆场。

他很快就读完了，快得我无暇顾及他是否用了形容词，不过那都是小事。他的文字很有感情，我起码会给他个"优"，而且，他把莉亚描述得十分贴切。

我转身看着莉亚，不出所料，她满脸通红，一直在笑，几乎快坐不住了。加布没有看莉亚，只是把作文往讲台上一抛，回到了自己的座位。

"谢谢加布。"我说。他点点头，看上去有些慌乱。

"刚刚那篇作文非常不错，下一个谁来？"

"'惊喜'不是形容词吗？"希拉里说。

"希拉里，闭嘴。"莉亚小声地说出了我想说的话，"我来。"

莉亚上去朗读的时候，希拉里似乎十分震惊，张口结舌，一个字也说不出来。

"没有加布写得好。"她引起了他的注意，"这是我写的作文，也是一百字。"

"非常好。"我示意她继续。我仍然能感觉到希拉里在后面气得脑子冒烟，但是我全身心投入在莉亚身上。

他不想惹人注意。我看他，是因为我想，是因为他令我不得不看。若不想让我看，他最好别存在。他也会看我，我必须时刻准备好。

错过一次，不会再有第二次。没了机会，他就不知道我一直在看他。他就是，占据你视野的人。

我迫不及待地想告诉帕姆，他俩都咬钩了，绝对跑不掉的。这两个人真让人惊叹。莉亚交作文的时候，我朝她竖起了大拇指。她回到了自己的位子。

我抽空看了眼加布。他躬着背坐在那里，抱着手臂，表情非常有趣。他笑得不能自已，不停地眨眼睛，摇脑袋。

"很好，都非常棒。我们继续！"我宣布道。

♥/ 长凳（草坪上的）

为什么天气一变暖，我就要被迫参与世上每一段私人对话？这些孩子到底懂不懂什么叫私下聊天？

这个屁股一坐下，我就知道那种事又来了。这个屁股是我最喜欢的，见过的最完美的。从他的坐姿，我断定他在等人。

"你好。"一个女孩说。

"你好。"屁股的主人说。

他们安静了一会儿。

"可以坐吗？"女孩问。

"当然。"从来没人在坐下之前问过我的意见。

"那个……"

"我喜欢你的作文。"

"我也喜欢你的。"

又是一阵沉默。

"那天晚上，我很抱歉。"女孩说，"我能想到的就是这个。我本想用个更好的方式表达出来。如果不是觉得太丢人，我会站在讲台上说出来的。我一想到希拉里也会听到……而且还会说闲话，我就……"

"嘿，没关系。"他说，"我也很抱歉。"

"对不起，我很笨。"

"没有，我更笨。"

"我们两个可以不要那么笨。本人特此请求你不要那么笨。"她说着，举起了一只手，好像在宣誓一样。

"还是跟你说一下吧，我有时会犯傻。也许你觉得自己能引导我好转，但我可不保证那样会有效。"

"我真不觉得你很笨。"

"这样好不好？"他停顿了很久，"中和一下。我可以偶尔笨一点儿。"

"好。每个人偶尔都会犯蠢。质问你为什么跟希拉里说话的时候，我大概比出手打你还过分，你会不会觉得我很蠢？"

"不知道，可我觉得你很可爱。"

"现在你当然这么说。我敢肯定，我当时看着就是很蠢。"

"我们整个对话就很蠢。"

"有一点。"

"我们又滥用'蠢'这个词。我们应该把它和'事儿'一起丢进不再使用的词语里。"

她大笑："确实用得太多了。但是还好，说蠢话也没什么大不了的。就当……练习吧。"

"为什么？我们还有什么重大对话吗？"

她坐直身体，他也跟着坐直。我猜他们对视了很久。反正我是享受了几分钟的安静、平和。

"别看我的耳朵。"他说。

"我没有。"

"你有。"

"好吧。我现在在看。"她眯着眼盯着他的耳朵瞧，"几乎看不到。"

"当然，它本来就很小。"他说。

"管用吗？"她问。她靠得更近了，像是在期待一个借口进入他的私人领域。

他也向她靠近一些，直到他们的腿紧紧地贴在一起："医生不知道这款适不适合我，但我会幸运的。"

"你很幸运。"她的声音很温柔。如果他们不是坐在这里，我不知道还能不能听见她讲话。"我喜欢你。你是知道的吧？"

"知道。你的作文让我想通了。"

"我的目的达到了。"

"我也是。我是说，我也喜欢你。"

"你一会儿是不是要去哪儿？"

"没有。"

他们深深地陷进了彼此的眼中。他们应该还要在这里坐很久。

我敢肯定，之后，我还要被迫听比他们糟糕的情侣说情话。

♥ 玛克辛（餐厅服务员）

他们走进来的那一刻，我就感觉到有什么不一样了。他俩没有那么紧张了，所有的不安一扫而光。更不用说，他们在同个一时刻，一起进来。他为她开门，跟我想象中的一样绅士。

"选个位置。"我告诉他们。餐厅很安静。这学期快结束了。餐厅有个女孩请了病假，所以我今晚兼任接待和服务。我一点儿也不介意，尤其是面对我最喜欢的一对儿。

"你好吗？"她问我。

"满面桃花。"我告诉她，"你们两个今晚怎么样？"

"不知道加布怎么样，反正我快饿死了。"她说。

"我也是。"他说。

"今天做什么了？"我问他俩，我有点儿爱管闲事。

"坐火车去了趟市里，走了很久。"他说。

"很完美的一天。"她说。

"想必过得很开心。"我说。

他们点点头，微笑。

"想好点什么了吗？"

"还没有呢，谢谢。"她说。

"想好后请随时叫我。"

我走到柜台后面，补满盐罐，保持着一个能听见他俩谈话的距离——我还没听够他们的故事。

"莉亚。"

"嗯？我不知道是选烤起司还是煎蛋。"

"看着我。"

她抬头看着他。

"这一天，我一直很想这么做。"说着，他身子前倾，隔着桌子，在她的唇上落下一吻，然后坐回去。

"做得好。"莉亚说。

噢，这两个小甜心简直在要我的命！

♥／松鼠

男孩和女孩又来了，一起来的，我跑向他们。不管他们这次给我带来什么好吃的东西，我都决定跑到他们的脚下。

他们坐在我最爱的长凳上，他环抱着她，两颗头紧靠着聊天。

"你想知道我的基本情况？"她说，紧握着他的手。

"对呀。我知道你的不多。我听说过你很多趣事，但是不知道你的父母、兄弟姐妹、生日、最喜欢的冰激凌口味。"

"没什么特别的，我的父母离婚了，我经常去看爸爸。妈妈已经再婚，而且又生了两个孩子。她花在那两个孩子身上的精力比我多得多。"她停顿一下，"我并不觉得自己可怜。"

"感觉很不好。"他说。我喜欢他手指在她头发上缠绕的感觉。

希望有人那样对我的尾巴。

她耸耸肩："已经过去了。"

"你是怎么挺过去的？"

"这要在第四次约会的时候才能讨论。"她说，"所以我打算直接跳到其他问题。生日是六月四日。"

"很快就到了。"他说，"我要加到日历上。"

"最喜欢的冰激凌口味必须是薄荷巧克力棒。"

"你生日的时候，我给你买一盆。"

她咯咯大笑，往他怀里缩。

我决定不打扰他们，反正我还有很多东西吃。

♥／**弗兰克**（中餐厅送餐员）

离这一学年结束只剩几天。今天我又到新生宿舍楼送外卖。我应该在家复习物理考试，但是我需要钱。不过我可以请人在我开车的时候给我朗读笔记。

我把外卖拿上去的时候，我一直认为是男女朋友的那一对儿正坐在外面。

"我们的外卖。"女孩说。

"你们终于接受我的建议，一起订餐了。"

他们大笑。

"我一直期待它的到来。"

"你不是一个人。"男孩说。

他们给的小费很可观。

♥ 丹尼（莉亚的朋友）

我冲进莉亚的寝室，质问她到底跟加布是怎么回事。上次在星巴克见面后我再也没有见过她，我需要知道他们的最新情况。我已经不能专注地为期末考试复习了。

我在过道看到她的寝室门半开着。太好了。也就是说，她很有可能在里面。我可以逼她说出我想要知道的消息。

我推开门。

"阿扎莉。"我说，口气非常严肃。

然后我注意到衣柜旁边的中餐餐盒。电视里正在播《吸血鬼猎人巴菲》。

天哪！有两个人在地板上的枕头堆里纠缠在一起。

我蒙住眼睛，尖叫着准备转身离开。

"丹尼？"莉亚惊呼着坐起来。

加布也坐起来。

还好他们都穿着整齐。

"对不起。"我说。

"没关系。"莉亚站起来说。加布也站起来，站在她身后，没有跟我对视。她拉着他的手臂，把他拽到前面。

"加布，这是丹尼。"

我倾身跟他握手。

"很高兴认识你。"加布说。

"我们见过一两次。你跟我的室友莫林住同一层楼。"

"你之前的头发不是金黄色的吗？"加布看着我的脸问。

"曾经有一段时间是。"

"想起来了！我曾经问过你的牛仔裤，因为我妈妈一直问我喜欢什么牌子的牛仔裤。我其实不在意牌子，但是她在乎。"

现在一切都真相大白了。

"我不打扰你们两个约会了。"

"谢谢你，丹尼。"莉亚说，给我一个拥抱，"我保证我会很快跟你交代的。"

"拉钩？"

她翻了个白眼，但还是跟我拉了钩。

我离开的时候，把门关上了，再也不会有冒失鬼打扰他俩了。

好吧，刚刚太惊险了。

但是天哪，他们好可爱。

致　谢

这个感谢有可能会长得有些失控，所以我还是先从琼·费威尔开始，因为没有她把青少年书籍和《X音素》结合起来的大胆想法，这一切都不可能。我发自内心地感谢她为我所做的一切。

非常感谢我的编辑奥莉·韦斯特。她耐心地帮助我编辑了这本书。没有她，这本书达不到现在一半的精彩效果。同样感谢莫莉·布雷勒特、艾莉森·维罗斯特和凯瑟琳·莉亚特尔一直以来的支持。感谢Swoon Reads网站上所有的读者以及他们的评分和评论。

感谢莫里斯镇的朋友们和莫里斯镇图书馆的工作伙伴们在百忙中抽出时间支持我：玛利亚·诺顿、查得·雷那维佛、艾琳娜·斯普瑞格、凯丽·西姆斯、弗吉尼亚·莉亚，尤其感谢安妮·瑞恩·德罗·罗素。感谢吉姆·柯林斯在过去四年里容忍我脑子里冒出来的天马行空的想法。总有一天，我会写一本僵尸美人鱼的系列小说。

无尽地感谢我的网络团队：首先感谢负责首稿阅读的坎德拉·里弗斯，是她鼓励我一直坚持下去；其次感谢汉娜·诺维斯基在我发送邮件给她只为将某些场景改得一鸣惊人的第5000次后仍然没有把我拉进黑名单；再次感谢阿迪·罗伯茨基为"你希望读什么样的爱情小说？"这个问题给出了相当有趣的答案；又一次感谢汤博乐轻博客上的朋友和粉丝，是你们给了我分享文章的最初动力。

穷尽一生都要感谢劳伦·维勒拉。我每次问她："嘿，我写了些垃圾，你要不要读一下？"她都说："当然要！"感谢米歇尔·佩翠塞克，她是非常棒的读者、编辑、赌徒兼 IHOP 早餐店的狂热分子。感谢克里希·乔治成为这本书的第一个实验者，也感谢她陪我一起购物。大声感谢 FRLK 出版社的女士们：凯特·瓦斯里克、凯蒂·内伦、切尔西·莱科特和梅兰妮·墨菲特。感谢她们耐心倾听，感谢她们仅用一通电话和一个国际标准书号就让我感动得声泪俱下。

对我的姐姐和哥哥弟弟：凯伦、斯科特、肖恩，我只能千言万语汇聚成一句话：我爱你们。你们身上的点滴完美地融入到我的写作中。你们对我的影响远远超过想象的程度。同样感谢比尔、比利、扎克、桑德拉、布里安娜、凯思琳，感谢你们加入我们这个古老的大家族。

永远感谢我的母亲，帕特！要感谢她的事情太多，不胜枚举。同时，我还要为自己的言语不敬道歉。最后，感谢我天天想念的父亲，韦恩。我能想象他听说我出书的时候，他肯定会说"你真棒，桑德拉·琼！"然后犒赏我一块蛋糕。

一次咖啡厅里的聚会

作者桑迪·霍尔和
她的编辑奥莉·韦斯特

关于作者

奥莉·韦斯特（奥莉）：你有最喜欢的虚构情侣吗？你觉得哪一对算神仙眷侣？

桑迪·霍尔（桑迪）：我最喜欢的永远是《欢乐合唱团》里的库尔特和布莱恩，一直都是。

奥莉：你雨天喜欢做什么？

桑迪：虽然我的方式比较蠢，我也知道窝在家里时我应该读读书什么的，但是我很爱打扫。其他时间我讨厌打扫，但是如果是雨天，我又不出门的话，我就会打扫屋子。

奥莉：你有没有真正喜欢的兴趣爱好？

桑迪：只有阅读。

奥莉：阅读太花时间了。

桑迪：确实很花时间。但是，仔细想想，看电视也花时间。只要迷上一件事或者运动都会花很多时间，都会很忙。

奥莉：确实很忙。但是如果你不接触现实世界，你就无法下笔。

桑迪：不是这个意思。你还是需要跟上时代，比如流行文化、新闻。你永远不知道下次你的灵感来自哪里。

关于这本书

奥莉:出版的书跟最初上传到网上的文章大相径庭。你觉得改动最多的是什么?哪个部分最难?

桑迪:改动得最多的,同样也是最难的就是把莉亚写得更小些。把男女角色设定为大三学生,一部分原因是我非常喜欢我大学三年级的时候。大三时候的我很开心。然后把她设定为大一新生很难是因为我必须让她显得有点幼稚而且无所适从的感觉。我很希望朝这个方向写,但是真的很难,因为我心里就想:"我知道你两年后是什么样子。你有很多潜力,莉亚,我爱你!一切都会好起来。我只是要把你变年轻一点而已。"

奥莉:有件事我每每想起来都觉得不可思议,你花了多长时间写这本书?

桑迪:六天。

奥莉:这是我目前听到的最快的。

桑迪:我计划了几周。十月上旬我开始计划,我做了一些索引卡和表格,诸如此类。我拟一个对话格局,然后延伸出很多分支,然后花一个三天的长周末和一个星期二到星期四的假期,我把全部都写出来了。有好几天我一天都可以写到 12,000 字,文思如泉涌。主要还是因为这本书的结构,可以从不同的视角来写。我几乎不会卡壳。故事情节发展得很流畅,如果有不顺的地方,我就干脆写下一个。

奥莉:好的。你现在有个机会可以控诉我这个人到底有多恐怖。你收到编辑信的时候,是什么感觉?

桑迪:哦,天哪,不是这样的!我感觉非常棒!刚开始的时候我有点恐慌,然后我读了一下就想:"我在怕什么?"你一直在道歉,我就想:"为什么要道歉?"作为一个新手,而且我只花了六天时间完成,然后就放到网上供人阅读,毫无疑问,肯定需要做一些改动!

奥莉:我并不知道这些。但是确实改动很大,包括从刚开始的23个视角减少到14个。单凭这一点,几乎就要求你重写半本书。我并没有故意地碾压你的灵魂。

桑迪:我保证我的灵魂没有被碾压。我的索引卡拯救了我。写首稿的时候,每一个场景我都有一张索引卡,用颜色编码。比如,加布和莉亚的场景索引卡用白色标记,加布单独的场景用黄色标记,莉亚的场景用粉红色,两人都没有出现的场景用橙色。绿色卡标记月份。所以,当我们删掉某个视角的时候,我就翻一遍索引卡,看相关情节可以分配给剩下的哪个角色,然后制作一张新卡。最后我重新做了一套索引卡,因为我需要把其他的场景和视角调换位置,但是索引卡系统对于编辑起了很大的作用。

奥莉:你说的对。这个框架问题就聊到这里。我觉得你的写作风格和我的编辑风格高度一致。

桑迪:是的。在这方面真的非常容易。就像我说的,把莉亚写得年轻一点是最难的。只要我过了这一关……对了,还有一个难的,我添加了山姆这个角色。

奥莉：山姆这个角色太绝了！

桑迪：是的。为了让加布更年轻一些，我给他加了一些人物关系。他的朋友也是他哥哥的朋友，他们形成一个小团队，更加凸显出了加布的不一样。山姆的出现则把这种感觉体现得淋漓尽致，而且，我非常喜欢山姆。他是我灵光一闪的收获。我当时跟平常一样坐在那里工作。突然间脑子冒出来一句："他有个哥哥！"

奥莉：太棒了！我也喜欢山姆的语气。他是个很称职的哥哥。我脑子里一直有个画面：他的手放在加布的后背中间，把他推向前，说："去跟她说话啊！"然后狠狠地推了一把。

桑迪：他经常想那么做。很有意思。我觉得山姆一直想那么做，但是加布并没有很喜欢莉亚以外的女生。没错，他喜欢女生，但是在碰到莉亚之前，给我的感觉就是："我根本不屑花费精力对一个女生说我喜欢她。"

写作生活

奥莉：你从什么时候开始有当作家的想法？

桑迪：去年夏天。有时候一说起这个，我就觉得我很招人恨，不过我一直有这个想法。我小的时候写过日记，但是基本就是："今天，我跟那个男生说话了。""妈妈骂我了。"我从来没有写过创作性的东西。我曾经注册过粉丝圈（Fandom），写过一些粉丝小说。后来我意识到："我真的热爱写作。我之前都不知道。我大学写作课居然还挂科。我简直不敢相信我有多爱写作！"现在，我脑子里构想了很多部小说。这种感觉很美妙。

奥莉：你有什么写作小习惯吗？

桑迪：我可以跟你讲我有一个很棒的写作习惯。我偶有卡壳，不知道怎么办的时候，我需要静下心来，才能继续写。所以，我就摆出十颗独立包装的冬青薄荷糖，有时候是果冻豆，有时候是彩虹豆。只有达到一定字数，我才能吃一颗。非常管用，到后来，我写完两千字就只是为了想吃糖。

奥莉：非常棒，虽然事情很小。现在我们聊一下写作过程。有些作家喜欢边写边补，有些作家喜欢照着大纲往里填内容。你是哪种情况？

桑迪：我都有。我先做好计划，拟出故事梗概。我非常爱我的索引卡和电子表格，并且我运用雪花方法。

奥莉：什么是雪花方法？

桑迪：也就是用一句话开头，延展出五句话。然后再将这五句话扩展到五个段落。再刻画人物性格，然后把各个人物融合到一起，越来越细致，就像一片雪花。

然后就是电子表格的内容，表格的每一行都列出每个场景。他们总说："电子表格不能拿来写作。"我就觉得："你只是不了解而已！"我有每个场景的字数计算方程，我非常喜欢，而且我都尽量用它。我也无法相信！我真的很喜欢电子表格和索引卡！

奥莉：我很喜欢读你的索引卡。

桑迪：他们现在就是我的安全对象。就好像："看。我把这些变成了一本书！"

奥莉：最后一个问题。你听过最好的写作建议是什么？

桑迪：我非常喜欢查克·温迪克的博客《可怕的思绪》。有一天，我正在读他的客座作家黛利拉·道森写的一篇文章。她有一个非常有趣的看法：你只需要行动起来。专注写就好。不要有忧虑，不要担心应该怎么写或者写成什么样子，动手写就对了。

从那一刻开始，我就想："我知道怎么写了。我只需要停止自我编辑和思考，专注写就是了。"这就是为什么我写加布和莉亚的时候可以那么快。我没有选择，因为如果我停下来，我就会重新考虑一遍。我必须消除疑虑。如果我停下来考虑的时间过长，就什么都做不了。

图书在版编目 (CIP) 数据

全世界都想我们在一起 / (美) 霍尔著；陶旭艳译 .
-- 南昌 : 二十一世纪出版社集团 , 2016.1
(零时差·YA 书系)
ISBN 978-7-5568-1325-4

Ⅰ . ①全… Ⅱ . ①霍… ②陶… Ⅲ . ①长篇小说—美国—现代 Ⅳ . ① I712.45

中国版本图书馆 CIP 数据核字 (2015) 第 248718 号

版权合同登记号　14-2014-315

全世界都想我们在一起

(美) 桑迪·霍尔 著　陶旭艳 译

编辑统筹	魏钢强
责任编辑	连　莹
特约编辑	刘晓静
美术编辑	费　广
排版制作	蒿薇薇
出版发行	二十一世纪出版社集团（江西省南昌市子安路 75 号　330009）
	www.21cccc.com　cc21@163.net
出 版 人	张秋林
经　　销	全国各地书店
印　　刷	江西华奥印务有限责任公司
版　　次	2016 年 1 月第 1 版 2016 年 1 月第 1 次印刷
印　　数	1-12,000 册
开　　本	720 ×980　1/16
印　　张	13.75
书　　号	ISBN 978-7-5568-1325-4
定　　价	29.00 元

赣版权登字 04-2015-783　　版权所有，侵权必究
发现印装质量问题，请寄回本社图书发行公司调换 0791-86512056

零时差·YA 书系

阅读与世界同步

这是一份礼物。

无论你多么的留恋童年，13岁的你也永远告别了混沌和童稚；可只要没参加庄严的成人仪式，即便17岁了也有可能被人称为"小屁孩"。那么好了，这份礼物就是为你准备的，因为你就是YA（Young Adult，年轻的成年人），祝贺你成长为了现在的样子！

13-17岁，这是一个梦想更为清晰、天地更为广阔，可也纠结着种种烦恼、迷茫与困惑的年龄。童年正在远去，成人世界隐隐约约地展现出了它的真容。和大洋彼岸的同龄人同步阅读，"零时差·YA"书系满足了这一时期的你拥抱世界的渴望。无论是紧贴现实的故事，还是充满着幻想魅力的文字，都是对你最好的陪伴和激励。体验文学的感动，吸取青春的力量，跟随着身边响起的不同肤色的伙伴们的足音走出迷境，迈向心智成熟、人格独立的阳光地带；然后，从这里再度出发，继续你的漫漫人生……

已出版

托德日记

宠爱珍娜

山 羊

说出来

守护夜晚

蟾蜍和宝石